有情人間

不遺忘的溫柔書寫

宋怡慧

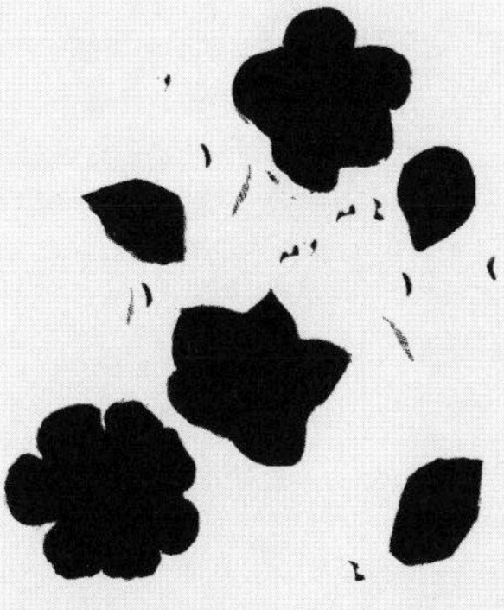

目次

輯二　人間行旅

名家推薦

讀宋怡慧老師的散文，就像聽她說話一樣，從容，優雅，睿智，並且洋溢著幸福的能量。怡慧老師以深情之眼凝視日常生活，在動盪的時局裡安頓自己，編織成這本《有情人間》。這本散文集裡，怡慧老師熱情地分享閱讀體驗，將柔軟的心念坦露出來。此外，我也讀到冥想靜心的療癒效果、流行音樂的洗滌、血緣親情的羈絆、成長路途上的諸多風景……。這一切都是意義的依託，也是文學世界裡無盡的寶藏。《有情人間》裡，有一方純潔的心境——「聞多素心人，樂與數晨夕。」風雨晨昏，與素心人相往來、彼此分享生活體會，就是一件值得珍惜的事。

——作家　凌性傑

自序／世間不過是一個有情的手勢

薄霧春雨後，心若安好，一簾新霽。

從手心遺落的故事，如何讓它重新回歸？虔敬書寫的當下，回憶像微塵慢慢飄落，拾掇而起，心再次怦然跳動，乘著靈犀的羽翼，翱翔於記憶的蒼穹，旋即以文墨封存關於人間萬物、關於愛與情。

人生本有諸多關卡，書寫亦然。

有陣子，望著螢幕出神的我，好像陷入黔驢技窮、才思枯竭的窘境，即便日日敲打著鍵盤，卻無法寫出喜歡的詞語、精煉的句子。那段難以成文的時光，沒有江郎才盡的倉皇沮喪，反是把閱讀當成光之引者，時時仰光前行。

書寫對我來說，是時光掠過的醞釀，甜美剎那的連綴，慢慢等待靈犀來敲門，我不焦灼，讓失溫的生活，以文字熨燙它，依舊如常地讀著、寫著，在開卷與闔頁之間，在儲存鍵與刪除鍵之間，即便一事無成，反讓我慢慢擦亮讀寫的本心，最後，突破瓶頸的創作，竟成了人生的禮物。

這些事情誠懇地書寫出來了，心也就明亮朗晴了。

年輕的時候，每張手紙都喜歡摺得方正，摺摺疊疊，都是思念。摺痕越深，思念越濃。有時候，你愛這個人，不是他對你做了什麼，而是他在某一刻，攫心的形象深植著。恍惚之間，你以為你懂，其實你真的不懂。多年後，撫摸著深淺摺痕的手紙，每個名字都是如此珍貴的生命印記。

原來，我是個喜歡書寫的人。

這些年，每日忠實以文字記載的心情，多情浪漫雜糅現實安穩的性格，讓我內在既矛盾也衝突。因為這本書的緣分，讓我有機會重新整理走過歲月的足跡。驀然發現：有些人在生命旅途看似走遠了，寫著寫著卻發現他們從未離開。有些事擱著擱著，竟就深藏心底成為永恆。如今，不怕讓它再次發疼，重新書寫，就真的讓它成為過去，冷靜地與它和平的解決了：那疙瘩、那傷害也就莫名地消逝了。

每次難過而感覺世間無解的時候，總會想起天上的阿嬤，她總有能力把苦澀的歲月加添人情甜味的糖霜，她總是笑笑著面對所有問題，挺直腰桿，從不抱怨。那一代人，有著過分的堅毅和樂觀，卻深深影響我的處世之道。我的外公是第一個帶領我觀察世界萬物的老師，他要我閉上眼睛嗅聞土地的味道，每個季節氣息都是迥異的，春天的土地吶喊著生機，夏天的土地飽含著汗水，秋天的土地迸發著豐收，冬天的土地蘊藏著希望。

我最難忘的一幕是，他瞄見天空鑲起黑邊，幫我戴上斗笠、穿上簑衣，牽著我馳騁阡陌之間，不一會兒烏雲密布，打起雷、下起雨，我們躲在涼亭，他神態自若地為我解說天文地理的知識。只要是雨天，我都會憶起過往的點點滴滴。我的諸葛亮外公為我撐起雨季的傘，他既神機也妙算的形象深植我心。

整理這些年的文字，我驀然發現：當我提筆寫到母親的時候，筆觸總是特別的溫柔。原來，人生不過是一個有情的手勢，當你真心愛著，你就不會計較多與寡、好與壞。如同我們蘸著情愛的筆墨，寫下天地有情的故事，一筆一劃都是歲月賜予的恩澤，一如這本《有情人間》。

輯一是有情時光，這類文字爬梳橫亙數十年的心情，從花開花謝到雲舒雲卷、從青春多無憂到與世界磕碰，我開始懂得如釋重負，也學會雲淡風輕，一如《一代宗師》說的：「憑一口氣，點一盞燈，要知道念念不忘，必有迴響，有燈就有人。」創作的人如同習武之人，重在工夫的累積與機緣的澈悟。生活的確很難澄淨無染，但天地的謙懷與慈愛，得以改寫生命悲傷，得以記憶重整，讓踉蹌狼狽的身影有機會優雅轉身。

輯二是人間行旅，這類文字代表自己在成長過程微小卻重要的生命記號。可能是在窗檽邊捕捉到的光影移動，它帶來生命某些抒懷。可能只是安靜的走路，踩著踏著，生命的坎坷崎嶇竟走成筆直大道。長年置身學子歡顏笑語的校園之中，感知「不知老之將至」的另類幸福，師生醞釀的情分也成生命的解藥。

遭逢人生風雨時，只要握緊母親的手心，就變身為自在童真的小怡慧。是母親開啟我對善意的寬廣想像，給我有勇無懼的前進之心。

讀寫讓我忘卻初始披在身上的蒼涼底色。某一回眸，我看見那個趴在地上，卻奮力站起來的自己，即便碰壁無助，在文字的慰安下，最終能活出有情的姿態。

閱讀讓我回歸本心與自己對話，無關勝敗榮辱，真誠地照見自己；書寫讓我沉澱人際來往的善與惡，告別繁華，歸於平淡。天地四時傳遞萬物皆平等的恩澤於我，人間有情的跫音鏗然響起，安然放下紛擾喧譁的滯礙，窺見清幽明淨的所在。

願以有情文字向我喜愛的散文家簡媜、張曼娟、鍾怡雯、周芬伶、蔣勳、楊牧、吳明益致敬，謝謝他們在我困頓時提燈的文字，讓世界燦亮有光。做一個虔心的、誠懇的、素樸的書寫者，寫我忘不了的，寫我烙印於心的，寫我看過的人間美麗風景。這是一本送給自己和母親、朋友、讀者的——有情書。書裡刻意避開大部分的人名，既然是心情隨筆，就不刻意讓他們曝光，給予彼此自在的生命靈犀互感，你懂我寫的是你，是你，也是你。

行筆至此，我終於懂了：書寫就是一個有情的手勢，讓尋凡世間因為有愛而不斷被點亮，熠熠閃光。

輯一

有情時光

享受無與倫比的「讀字」時光

在學生面前，我從不諱言過去的自己，有些自暴自棄，也曾在身上自貼「魯蛇」的標籤，生活瀰漫著沮喪、悲傷的氛圍。但是，因為與書籍的美麗緣分，帶我走過迷惘不安的青澀年華，越過人生絕望的低谷。

愛上閱讀之後，痲木的感官彷若漸漸甦醒，邂逅四季遞嬗的美景，靜聽歲月浪漫的跫音，嗅聞時光流洩的芳馨，細品味蕾躍動的滋味。有時，走進扉頁敘寫的文本情景，就像和相交多年的老朋友靜靜地對望，不用言說，卻心有靈犀。人間行路，有書相伴，盪漾在記憶波光的春光翦影，如漣漪擴散，每個波圈都是深情款款的歲月餽禮。記憶襯底文字，清音朗朗於耳，慰人寂寥、撫人孤獨。

我相信，時序匆匆，在心底盪開的「讀享」時光紋路，讓我始終相信：閱讀是送給孩子最好的禮物。因而，我希冀面對每位踏進課堂的孩子，都能以一本書的緣分，作為我們初識的見面禮。每年，我都會為新生舉辦「認識圖書館」的闖關活動，起心動念是透過遊戲的形式，吸引學生找到自己的命定之書，進而親近閱讀、走進閱讀，感受閱讀熱情地迎接他們，以及殷殷企盼與他們展開對話的溫煦。

「與館長有約」的閱讀活動，是師生坐下來聊書的美麗濫觴，彼此共度一段悠閒愉快的課餘時間。與孩子面對面談書、說書，體驗書本與我們的生命連結，也是人生中無比幸福的時光。

陪伴孩子閱讀時，我會復刻青春的年輪，先想像十三至十八歲的孩子喜歡什麼話題？他們如何想像世界真實的模樣？儘管時代不同，對於閱讀的初衷始終如一，若能讓學生感受到：世界因書而有光亮的所在，即便偶爾遇到厭倦煩憂的時刻，仍感覺世界透著光，自己並不孤單。年輕的孩子，可以透過文字做白日夢，想像自己是《小婦人》裡的喬，嚮往獨立自主的璀璨未來；或是《魯賓遜漂流記》裡的主角，擁有一個荒島，得以墾拓出自己喜歡的自在生活。

有次，學生預約參觀圖書館，閱覽區的冷氣突然罷工，我們移師到三樓K書中心，現場沒有簡報和音響設備加持，我得靠「單純講述的聲情」來獨撐場面，並把說書焦點轉移到學生有感的生活體驗。

「你的字體好漂亮，真的好適合當一位寫作者……」

「你坐的姿勢很有氣質，很適合閱讀……」

「你選的這本書是世界名著《悲慘世界》，從經典為起點的閱讀，很有膽識且具挑戰性喔……」

突如其來的誇獎，讓學生感到有些驚訝也欣喜，他們回答我：

「老師，我的字體不好看，應該可以寫得再更好一點。」某個學生默默把幾個歪斜的字重謄，眼神炬然有光。

「老師，這個椅子比教室的好坐……」緩緩說完，閱讀的姿態更優雅了。

「老師，小學時期還讀過《老人與海》、《綠野仙蹤》……」這位學生開始與我分享他豐富的閱讀史。

聽到他們的回應，我繼續加碼向其他學生施展「你很棒」的讚美魔法。但我不是說他們有「多棒」，而是仔細觀察他們特出的優點，具體地說出：你的閱讀摘要具有關鍵概念、你的心得展現十足的聯想力、你的閱讀習慣良好，會節錄重點、畫出金句、寫出新意……

其他學生看到我們綿綿細語的互動，好像卸下心防似地，不斷舉手向我問問題，課室瀰漫溫馨的對談氛圍。

相信孩子可以做到，是師生相互信賴的正能量循環。孩子們臉上害羞的笑容，即時反饋的行動，讓我知道：循循引導學生，就能產生正向共學的力量。從觀察與欣賞出發的反饋，讓彼此都能理解對方的想法，尊重彼此的觀點。

出生在網路世代的孩子，或許不能立即體會書本所描繪的：先民們搴衣涉水、攀山越嶺的顛沛，卻能領略歲月無驚、田園靜好的寧靜溫馨。看到這群天真的孩子們不再追求閱讀的速度，開始分享獨特的讀後感，看似微小的改變，卻是多麼令人驚喜的課室日常！

有位可愛的學生寫道：「閱讀不用逐字逐句的爬梳，從你喜歡的文字出發，在你喜歡的篇章駐紮，然後在喜歡的句讀停泊，隨心讀到哪裡，就漂流到哪裡。」我忍不住要讚嘆這孩子的巧思與佳語。

每個人對文字的感知與觸發，因生活環境、成長背景、文化價值不同而有所差異。但，透過閱讀和書寫的累積，再微小的事，只要用心觀察，都能漸感天地柔情，無私為你我停格的時光。作者描繪的天光雲影、鑲嵌的良辰美景，讓孩子得以汲取靈犀之氣，對書中天寬地闊的世界心生嚮往。同時，閱讀最美麗的餘韻是——在文字細嚼中學習謙卑、獨立、勇敢卻溫柔的處事態度，持續在現實世界裡發酵著、改變著……

猶記每節在課堂與孩子共讀的時光，點點滴滴溫暖即時沁入心扉，交織成一道甜蜜的光影。期待品味文字雋永的美好與抒發幽微心事的情思，都會在他們未來的生命裡，不經意地串起生命美麗動人的珍珠。

我始終相信，圖書館是離天堂最近的地方，能夠陪伴孩子們走遍世界，無論是天涯還是海角。

雨季之後的燦陽，是許給勇者的浪漫

我們喜歡陽光邐迤之美，但不免殫慮霪雨陰霾；我們喜歡人聲笑語之熱鬧，總不免悲傷煢煢孑立；我們喜歡依靠溫暖肩膀，仍不免害怕踽踽獨行。喜歡不代表能全然擁有，紅塵有情難免眷戀，戀得越多，不捨越多。

中學時代披上孤苦伶俜的外衣，就像一艘無法抵達港口的船舟，在廣袤的海洋漂呀漂的，零丁極了！即便擁有迎面而來的機會和舞臺，卻陷入恐懼的泥淖選擇逃開。想要天生悲觀的人，換骨奪胎似的，努力轉為積極樂觀擁抱快樂，何其艱難？我知道，好多的失落和遺憾都來自於當時無法坦然面對

「失敗」這個大魔王。因為害怕失敗，所以不敢快意前進；因為擔心失敗，所以選擇閉塞退縮。如果可以，我很想告訴當年的自己，唯有拿出勇敢追夢的豪情，才能盡嘗歲月美好的芳醇。即便是小小的心願，也要守護它，完成它，才不至於留下往事漫漶、一事無成百不堪的憾恨。

歌手陳珊妮曾說過：「學會做好一切不喜歡的事情，才能讓你更喜歡自己正在做的每一件事。」生活裡的點點滴滴，含有善意的甜萃，也藏有嫉惡的苦澀，做著自己喜歡的事情時，同樣也學著感謝那些不喜歡的事情，在自我超越時練就挑戰現實的功夫，因不斷修煉而提升的能力，遇見志同道合的朋友，也在相互理解與扶持的旅程裡，把日子過得清亮有致，不留一絲遺憾。

喜歡和不喜歡，幸運與不幸運，拉長時間來看，你會發現：那些困難往往造就了現在的勇敢，那些悲傷成為療癒自己和同理他人的動力，所謂的壞事最後都成為現在的好事。

媒體大亨華特．迪士尼（Walt Disney），曾被編輯解雇，原因是缺乏想像力，沒有好點子。後來，他並沒有被這個失敗擊垮，反而憑藉創意贏得了掌聲，獲獎無數，甚至還得到奧斯卡獎的實質肯定。我想，其中有個轉折點是：當別人否定你時，你可以允許自己沮喪，但不要讓自己受傷；允許自己生氣，但不要負氣。唯有把自己的實力深植、能力升級，你才有機會扭轉別人的負評眼光。放下情緒，冷靜擘劃爾後的下一步，才不至於被挫折給擊垮。

看到因失敗而淚眼婆娑的學生，我好想緊握他的手，對他說：「記住跟蹌的當下，你就能在下一次站穩腳步；記得痛徹心扉的苦澀，你就能品嘗到甜美的果實。」但前提是，必須從失敗中學到教訓，重新調整心態，邁開步伐再出發，這樣一來，此時的失敗就可能會是下一次成功的墊腳石和躍進的助力，繼續嘗試下去，就是邁向成功的契機。

過往失敗的磕磕碰碰，曾讓我陷入迴腸傷氣的情緒，我窺見烙印在生命的傷疤，它提醒我、激勵我，使我可以轉身詢問自己：「Hi，怡慧，你還好嗎？」擁抱那個感到委屈的自己，但不急於解釋是非曲直，學會保持沉默、平心定氣，把心思都投注在眼前的事情上，用自信把未來釀成一個燦爛的春季。

所以，即便跌落到挫折的谷底，即便費盡力氣，也要盡快讓自己躍起。若是你選擇一蹶不振，這段可貴的失敗經歷，就無法盪漾起內在的熱情，甚至讓你看見生命蛻變的堅持和價值。

面對殘酷的世界，不只要有勇於挑戰的胸懷，還要有「永不言敗」的大無畏心態，面對未來，你不只能把事情做對做好，還能主宰自己的人生。

就像賈伯斯曾說：「我想在宇宙間留下痕跡。」想要改變世界、開創品牌，你要學會勇敢地面對自己的失敗。當你跌倒匍匐時，也要驕傲地站起來，拍拍身上灰塵，繼續昂首望天，堅定前進。

當你無法得償所願，或是心痛到流淚時，不妨找個人傾訴。那個人可以是內在的小孩、書籍裡的智者，或是值得信任的友伴。有句話說：「誓言之美，不在於它能對抗世事無常，而在於今生今世。」揚棄失敗的陰霾，相信自己能以弱勝強，即便可能面對失去所有，你也會交出真心，為絢麗前程而戰。時間會證明我們努力拚搏過的曾經是為夢想做出的義無反顧，它讓我們能在平凡的日常，從記憶長廊拾掇起因奔赴而幸福的吉光片羽。這就足以撫慰歲月起伏的失落。

雨季之後的燦陽，是許給勇者的浪漫。熬得住苦寒才能活出燦花綻放的夏季，用耐心熬出歲月醍醐味才能活出美麗有致的日子。當深情被斲傷時，用微笑代替眼淚，守護心中帶你通向曙光的善意，心若安好，翩然輕舞生命的一抹新綠。

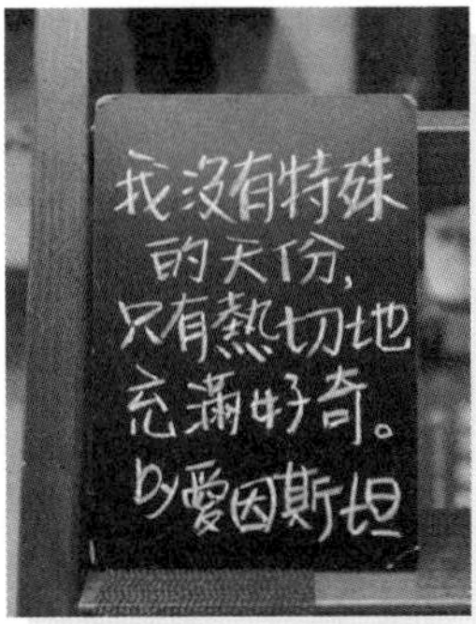

仰光尋路，與真實的自己相遇

你是不是曾有過這樣的經驗：明明自己按部就班、安分守己地做事情，結果升遷時卻輸給愛走捷徑、喜歡說讒言的同事。說好了，要向上司提出建言，結果會議上只有你義憤填膺、滔滔不絕說著，其他人卻默不吭聲、噤若寒蟬。還有，表面看起來是一場公平的競爭，漫天黑函和無情攻訐卻隨之而來，讓你憂心喪志到不禁開始懷疑人生。暗靄來臨時，或許，你會有「舉世皆濁我獨清，眾人皆醉我獨醒」的痛心傷臆，同時，若要憑藉己力鐫鑿積蔽的磐石，讓善意之光透入生活，仿若是孤立無援的難事。

原先「寧可有光明的失敗，絕不要不榮譽的成功」的想法可能會被動搖，若是真的跟隨眾人渾沌的腳步，隨波逐流，就失去為人生奮鬥的初心。

松浦彌太郎在四十九歲之際，寫下《正直：找尋生活中的真實，成為你想成為的自己》這本書，他重新省思前塵影事，從溫柔的一線光展望自己的未來，寫下二十八則別具靈心慧眼的人生手帖。

松浦彌太郎高中還沒畢業就離開故鄉到美國闖蕩，比一般人更早體會仰光尋路的勇氣，走出闊野繁花的前程。

他認為在要全球化時代，學習語言是不可或缺的能力，它如同自帶轉譯機，不僅能悠然與人溝通，也是全面理解世界的渠道。學習語言、購買書籍，獨自旅行，都是人生必要的投資。一旦開通心竅，擴展視野，自然能舉目千里，為自己開創更多工作的機會，也更有餘裕地經營明月入抱的生活。

若你也正陷於人生進退兩難的處境，不妨思考松浦彌太郎的作法：每兩週理一次頭髮，好好端詳歲月在自己臉上留下的痕跡，他以巧思過生活，以溫文的步伐，打造雅贍的品味。中年之後，他不再保有「大人」慣有的神色，慢慢回歸到年輕時總愛問「為什麼」的好奇心，進而保有旺盛的學習探究力。明知前路有荊棘，卻不怕疾風驟雨，願意縱身跨越至全新領域來場劈波斬浪的搏鬥。

我特別喜歡他在書中說到的一個觀念：在這個一鍵上網搜尋就能得到答案的時代，搜集資訊最好的方式莫過於「走、看、聽」，即使智慧型手機如此發達，也不要因為網路的快捷而忘記慢下腳步，找回靜看的習慣。許多人生的答案並不是 Google 大神可以給我們的，透過雙腳丈量美麗的風景，用心感受溫煦的人情，一句別來無恙是情深的牽繫。

松浦彌太郎說：「人生最好的是六勝四負的戰況」，小贏一些，才有機會同理別人；你讓我一步，我讓你一步，彼此互相激勵，一同成長，才能創造雙贏的局面。就像有次我和母親在市集街角看見一個叫賣水果的老嫗，慷慨應對論斤估兩的顧客，甚至願意多給一些新鮮的水果，讓自以為佔便宜的顧客心滿意足的離開。真切感受到她體貼包容、童叟無欺的態度，因而我們喜歡向她採買水果，甚至請她代為挑選，善意不只是最好的名片，也是質感的流露，更印證失之東隅，收之桑榆的哲理。曾有部膾炙人口的電視劇《軍師聯盟》，劇中司馬懿說道：「臣一路行來沒有敵人。看見的只有朋友和師長。」司馬懿不與人為敵，對競爭者也心存敬意，不以恨為手段，反能真誠與人和解。

若是因氣盛而想爭個「理」字，彼此爭辯、對峙，你一言我一語，只會讓日子過得風雨交加。看似贏家的人，輸了風度與慈悲；看似輸家的人，持續腹黑想翻身。人生有限，我們的時間不該浪費在生氣、討厭、爭鬥上，人生有太多有意義而未完成的任務要去追尋，輸與贏，是與非，都任人去評價吧！慈悲沒有敵人，任何的遇合離散，都是朋友一場。助你的是貴人，敬之愛之；擋你的是教會你解決問題的老師。因為珍惜，心安則圓滿；因為知足，善意終流轉。讓善意流動於心，人生中自然會有貴人相助；將名利卡在心裡，往往遠離真知灼見。

日本相撲界流傳一句話：「輸的力士，反而可以得到更多掌聲。」最好的人生是有輸有贏，如果我們總是想著操奇計贏，這樣的人生就失去磊落不羈的自由！就像巴菲特說的：「如果你想獲得想要的東西，那就得讓自己配得上它。」調整自己的心態，不為爭輸贏而攻擊對手，反而能獲得更多的生命恩澤。畢竟勝負都是人生的常態。

懂得服輸的智慧，為別人戴上成功的光環，你就能常保一顆謙卑的心，找尋到真實又正直的自己。這些年，努力耕耘，靜待良機，才發現自己的不足與匱乏；認識一群知心的友伴後，才知道無私奉獻是最真實的快樂。

回首前塵，有人陪伴是幸運，獨自前行也是瀟灑。感謝生命曾度過的艱難時刻，因有嶔崎磊落的貴人拉我一把，讓我得以窺見人情的溫燦。所以，每當遇到仰光尋路的際遇，我總會在心底默默唸著那些美麗又有情的名字。在無光的所在，他們就是引領自己向陽的無邊風月。或許他們並不知道：曾經有個跌宕的靈魂，因為他們溫柔接起的情分，不再焦思勞心，收起滿身荒涼，勇於奔赴正直的生命旅程。

一場探索自我的豐盛之旅

疫情期間，宅在家的時間漫長了，也多出與自己對話和相處的時間。現代人由於生活步調緊湊，大腦常被琳瑯滿目的訊息塞滿，隨之而來的是精神緊繃、睡眠品質不佳的文明病。當大腦少了停歇的機會，壓力也油然而生，潰堤的情緒很容易影響身體，壓垮原先的生活品質，甚至間接影響人際關係。

接觸冥想後，我發現賈伯斯、比爾·蓋茲、好萊塢眾多明星和日本大企業總裁，不只身體力行，也在組織內積極推廣冥想習慣。居家辦公之後，清晨啟動冥想儀式，一思一念靜入心底為身心開機，也進行生活「留白」的練習。靜心冥想，讓我領悟到：保有與自己的身體對話、心靈交流的時間，暫時「斷線」，讓腦內清空，其實是為身心充電的練習。

朋友聽到我早晚會「冥想靜坐」，常會滿臉狐疑地問：「冥想是不是跟某些宗教有關？」「冥想是不是很浪費時間？」「冥想是不是很難上手……」

這些都是一般人對於冥想的誤解與迷思。其實，冥想沒那麼複雜。以我自己為例，晨起冥想，可以享受一日初始的靜謐和清明。同時，也讓我藉此察覺昨晚的睡眠狀態，是否有讓身體徹底放鬆下來？某些身體部位是否會感到痠疼？靜坐時呼吸吐納是否順暢？……從起床到梳洗之間，冥想讓人陶情適性、精神抖擻，更有元氣迎接整天的工作和各種挑戰。

到了夜晚，睡前十分鐘的冥想，進行一日的反省與沉澱，無論是花開呢喃、花落輕嘆，心情安適如常，回歸平靜，自然能酣然入夢。一日兩次的冥想時光，從靜心思考到專注與心靈對話，不只遠離負能量，也能享受濠上之樂。

每次冥想結束，都能夠幫助我找回清明的思緒，認真經營生活，就能心淡從容，活成自己喜歡的模樣。妥善地處理糾結的情緒，與它們和平共處，懂得把焦點花在如何解決問題，少些抱怨和批評，就不會做出讓自己後悔的決定。

有次冥想的經驗，耳際傳來清亮之音不斷召喚思緒，讓我漸漸進入天朗氣清、惠風和暢的世界，騷動的思緒不只沉澱下來，悽惶的心境也得到撫慰。突然間，像是卸下悒悒不樂的枷鎖，擺脫額蹙俗務的羈絆，壓力得以解脫。瞬間，我像隻喜不自勝的魚兒，優游在萬象繽紛的海底世界。被沉靜蔚藍的海洋包覆著，好像回到阿嬤的故鄉，漫步在沙灘，腳邊還有爬行的寄居蟹、和閃閃發亮的貝殼和石頭。一抹和煦的冬陽，照亮心靈陰鬱的一角。原本遲鈍的知覺也敏銳起來，在一吐一納間，甜甜的氣息在空氣瀰漫、散開。嘴角不自覺地露出一抹虹彩，緊繃的肩頸瞬間緩解，積累已久的疲乏和壓力漸漸地消失，寂寞鎖清秋的愁緒，已不再驚擾生活的韻動。

當工作雜亂、黯然神傷時，冥想幫助我重新為目標定錨，釐清糾結混亂的心緒。前些時候，寒流來襲，冥想結束後，將視線移向窗櫺之外，乍見燦爛光陽。

趁著天晴風暖之際，洗完兩長竿的衣服，清新光陽下，隨風飄揚的衣物，鮮豔了陽臺各角落，也讓屋舍籠罩著淡香的氣息。鋪上多年前從中亞旅行買回來的幾何紅圖騰床單，看著黃綠小樹印記的枕套，瞬間好想在床上打個小滾，嗅聞一下沾滿陽光的香氣。接著起身捲起衣袖，整理客廳錯置的小物，把堆疊如山的書本整齊排列；將布製餐巾鋪在飯廳的木桌上，襯托餐桌典雅精緻的刻花圖案，真是美麗極了！將沙發上的碎花抱枕放在落地窗前，讓它曬曬太陽、抖落滿身的塵埃。灑落在櫸木地板上的落塵，像是瞬間被抖落塵灰的心事，如一泓清泉，沁人心脾。原本，木頭桌上的黃金菇，不知何時，竟錯錯落落的長出新芽，滿室「菇」意、生機盎然。擦拭放置在鐫花化妝臺上的巴洛克小燭臺，為它點上尤加利樹味的精油蠟燭，氤氳繚繞漸成華蓋。憑欄遠眺、獨攬東籬生活的閒適，諦聽天地柔情的跫音。

冥想像是心情的開關，念頭的改變，開啟窺看世界的新契機，從調整居家的擺設，漸尋怡情養性的雅趣，轉換陰雨綿綿的心情，面對生命的困境，就能輕鬆捕捉幸福的剎那。

我不能說，冥想能讓你變得聰明，變得快樂，但給自己一段獨處的時光，讓焦慮的心放鬆，越來越能思索「我是誰」？探尋內心的需求，重返心靈的原鄉。

曾經，因為過於執著失去了珍貴的時光，一時貪求影響人生選擇的尺度，無法阻止那些過往的風風雨雨帶來的情緒風暴，但經歷過人生的陰霾，才能真切理解到：受傷沒關係，要懂得照顧自己的感受，正視那個向我求救的「內在小孩」。我們常常期待著別人給我們解方，折騰周旋了一大圈，最後才明白：解鈴還須繫鈴人。痛苦常伴隨著脆弱想逃避一切的情緒，唯有認真體會它，才能因理解而釋然。在與自己對話的當下，內心仿若盈滿快樂，活著是多麼令人喜悅的祝福，愛人與被愛都是生命的恩慈。

冥想讓我放下罣礙的念頭，養心同時也健身。讓我在和自己相處的時候，懂得傾聽內心深處的聲音，不斷調整生活作息和想法。在疫情時期，透過冥想，心情不再隨著確診數字起舞，認真做好防疫工作，原本煩惱的時光也漸漸積累起生活的熱望。此刻，耳邊彷彿有位貼心的前輩輕聲對你說著：「人生要往前看，向上走。」往前看，就會忘記傷口正在疼痛；向上走，就能看見蔚藍與你同在。

歷經多時的冥想練習，讓自己體會到——當我們用欣賞取代嫉妒，用同理取代責難，用溫柔取代憤怒，受惠的是自己而非他人。幸運只留給願意付出的人，若你心中所想的都是美善的事，身邊自然就會有美好的人出現。

探索自我的旅程，窺見世界是無限寬廣的，我們雖是世界的一小塊拼圖，卻是不能被取代的獨一無二。敞開心門，認真捕捉真善美的剎那，你的翩翩身影，也成為別人眼底的溫柔。

寫給喜歡棒球的你

在生活艱苦且物資不豐饒的年代，能和家人朋友一起觀看棒球，為中華隊加油，是童年生活一段喜笑顏開的純美時光。

第一次得知臺灣棒球發展的始末是在小學的社會科課堂，聽著老師訴說一九六八年紅葉少棒隊以木棒和石頭起家，勇冠天下擊敗日本野球選手的故事。這群來自臺東布農族的小選手們，靠著披荊斬棘、胼手胝足的毅力，挺進世界冠軍的故事，讓棒球瞬間成為臺灣「國球」的象徵，更是兒時茶餘飯後，不斷被父親提及的熱門話題。

父親是個不折不扣的癡心棒球迷，只要有棒球轉播，總是吆喝全家人守在小小的電視機螢幕前，拿出可以敲打的物品，一起大聲吶喊，為中華棒球隊加油。當中華健兒逆轉勝的時刻，他還會興高采烈地與我和弟弟一起擊掌歡呼，然後，以勝利者姿態「賞」我們一些零用錢，要我們去買些學用品或是小禮物。若是中華棒球隊能挺進世界四強，揚威國際的消息傳來，他也會要求母親加菜，當天餐桌上就會多出一道令人垂涎三尺的東坡肉、麻油雞。

長大離家後，鄉愁與棒球參雜的酸甜滋味，偶爾會在心中油然竄起：父親為何那麼喜愛棒球？我猜可能是自知己身條件比他人差一大截，卻願意衝雲破霧、鍥而不捨地鍛鑄，最後奇蹟式成為贏家的奮力；那是為生活所苦的父親，力抗現實而打拚的生活微光。

為了家計，父親曾當過鐵工。每晚，渾身滿布鐵鏽地下班回家，夜色暗湧，讓他漆黑的臉龐在晦暗中更是難辨，最後只剩潔白的牙齒是唯一特徵。

父親原本是個開朗的人，但日子清苦多磨，讓他變得寡言沉默。當年的他，只有看到中華隊贏球的畫面，嘴角才會彎出一道弧線，歡快地迷花眼笑。

偶爾，看到與棒球相關的報導，總讓我懷念起天真爛漫的童年時光，那段熱情洋溢的棒球回憶，是連繫家人情誼與交疊愛國情懷的流光。和父親一起欣賞棒球，即便靜聲無語，仍能嗅聞到空氣裡父女情意相繫的濃郁香氣，至今回想起來，仍是人生中一道爍亮的明光。

後來，輾轉從奶奶口中得知：他在學生時代是鄉內頗受矚目的短跑好手，他起步的姿態像極追風逐日的奔馳羚羊。但在物資匱乏的年代，父親為了家庭生計，選擇了向現實生活妥協。雖然美夢無法實現，他仍舊持續關注各種運動賽事，甚至癡心地守在電視機前，替中華隊加油。當然最令他著迷的仍是心心念念的棒球。當時棒球讓臺灣在國際運動賽場贏得一席之地，藏在心底想要為國爭光的驕傲，是他難以企及的未竟之夢吧！

我曾問過父親，在青春無悔的年紀，他是不是想過要成為超越極限的頂尖運動選手？他笑而不答卻若有所思的表情，倒給我許多可臆測猜想的答案。

印象中，父親經常騎著野狼一二五摩托車，載著我奔馳至棒球場看球賽。坐在前座的我，享受著風馳電掣的兜風快感，以及父女同心的小確幸。從「兄弟象」到「時報鷹」，每個職棒明星選手，舉凡趙士強、黃平洋、陳義信、廖敏雄，他們的種種英雄事蹟，我都能如數家珍。旅日好手郭泰源、郭源治，到亞洲巨砲呂明賜，都是我心中永遠不敗的棒球英雄，他們的英勇事蹟都讓我們津津樂道著。

即使後來爆發一樁樁職棒簽賭案，讓球星身上披著的榮光，恍惚間蒙上簽賭陰影而失色，甚至讓屹立不搖的英雄人設瞬間崩垮，惹得我幾度傷心落淚，那段塵封已久卻未曾走遠的棒球回憶，仍是生命無可取代的似水年華。隨著馬齒徒長，我對棒球的喜愛始終未曾淡去，私藏多年的明星球員卡，跟隨著我幾度搬遷，仍安放在珍貴的木篋裡，直到最後一次搬遷，竟被裝修工人誤以為是陳年棄物，無心的舉措卻讓我遺失象徵童年回憶的稀世之寶。

棒球鐫印在年少的美麗記憶中，一張張珍藏的球員卡則烙印著我對棒球著魔般的熱情，以及對球員無悔的支持。從中深刻體會到：心堅則石穿，從不言棄才能堅持到底。運動猶如學習，是博觀而約取、厚積而薄發的修煉之路。棒球對我而言不只是運動，也是自己懷舊又狂熱的記憶，它隱含臺灣逆境求生的精神，它讓全世界看到美麗的蕞爾小島，因棒球而閃閃發光！

東京奧運期間，天天看著電視轉播的畫面，耳際彷彿響起小時街頭巷尾因中華隊贏球而普天同慶、歡聲雷動的喝采聲。當年為了看棒球而徹夜未睡，如今聽到中華隊勝利的消息傳來，熱淚盈眶的感動，仍是歷歷如昨的。

中華健兒在球場上努力築夢、逐夢的歷程，鼓舞我在生活中抱持逆轉勝的決心，面對理想都應矢志不渝、全力以赴。臺灣選手展現百折不撓的運動家風度也惕勵自己：人生的堅持是因為有夢想的存在，莫忘來時路，要像綻放微亮光芒的螢火蟲一樣，往群星閃耀的夜空飛去，盡力守護那顆為了追求夢想而沸騰不熄的初心。

讓心朗晴，邂逅人間芳菲

中秋返鄉的路上，邂逅天邊一抹美麗彩霞，滿天餘暉灑落棧道，無比溫暖柔美。心底靜靜地收藏起此刻的幸福，是難以言說的燦爛時光。在俯仰朝夕，把握「春江潮水連海平，海上明月共潮生」的時節，可以溫柔地讀書，溫暖地與家人歡聚，也是花朝月夕的中秋佳節，最美麗的一抹綺麗風景吧！

環視周遭，桂花浮玉，夜涼如洗，置身在詩情畫意的浪漫氛圍，興起離人騷客斗轉星移的繆思，縈繞於心是往日月圓人團圓的情懷。

小學時，國語老師在課堂上吟唱蘇東坡的〈水調歌頭〉：人有悲歡離合，月有陰晴圓缺，此事古難全。但願人長久，千里共嬋娟。從此，這闕詞成為烙印在我心底的中秋祝福。關於「中秋」一詞的說法，最早出現在《禮記．月令》：「仲秋之月養衰老，行糜中秋節粥飲食。」浪漫的節日隱含著祭月、賞月、拜月的文化底蘊——敬天愛人，感恩天地。吃柚子請月亮保「佑」——豐收、幸福（諧音「柚」與「佑」），十分詩情畫意。而南宋吳自牧《夢梁錄》曾提及月餅一詞，當時指的是點心。抬頭望輪月，寄情明月光。飲賞桂花，品嘗月餅，隱含思念故土、遙念親友的意義，所以中秋也稱月夕、玩月節、拜月節。文化禮俗饒富生活趣味，我對少女拜月的習俗，甚感有趣，也虔心祈願「貌似嫦娥，面如皓月」。

中秋節還有舞草龍、砌寶塔的豐富習俗，家人團聚吃月餅更是重要的節日儀式。大啖月餅的快樂，留在舌尖久久不散的，可能是鄉愁的滋味，人情的甜蜜，也是思念的況味。

小時候，家人不准我用手指月娘，不小心向天空滑個弧度，都會被唸：

「快點懺悔，不然晚上會被割耳朵……」在我的心中，玉盤瀰漫著一股浪漫、迷信、神祕、朦朧的色彩。有次，叛逆的我故意用手指月娘，晚上竟然夢見自己的耳朵受傷了，晨起醒來時，臉頰耳畔有微痛的感覺……我腆顏地說出實情，惹來了母親一陣叨唸。

長大後，讀到李商隱詩句：「雲母屏風燭影深，長河漸落曉星沉。嫦娥應悔偷靈藥，碧海青天夜夜心。」面對中秋朗月，不禁思考：人生是條漫漫長路，我們到底希冀留下什麼給後人呢？曾經做過的一些人生抉擇真的是對的嗎？會不會我們汲汲營營追求的人生，最後仍是一場「空笑夢」？

離開故鄉已二十幾個寒暑，猶記在為賦新詞強說愁的黛綠年華，有位老師曾送給我一句話：「稜角越利，看似性情自適，卻常傷人也傷己；圓融無角，看似性情鄉愿，卻是慈悲以待身邊人。」年少輕狂的我，豈能了解為師的話語隱藏著用心良苦的深意？

偶爾，自己也會鑽進「面子之爭」的死胡同裡，苦嘗被摯友離棄的酸澀，讓生活承受著波濤洶湧的痛楚。讀聖賢書，所學何事？面對爭執，若能思及「忍一時風平浪靜、退一步海闊天空」的道理，熙攘嘈雜的埋怨，衝突對峙的憤滿，很快就能煙消雲散。

同時，面對紛紛擾擾時，若能念及過往靈犀互現的場景，感謝對方曾用慧心勾勒明朗的情誼輪廓，真心彩繪彼此的生命地圖，就能讓相遇時最純粹的真情，持續駐足在記憶的扉頁裡。當你能夠理解，緣盡情不滅的善解，就能以感恩知足的情分，解開作繭自縛的心結，在生命陷入幽微低谷時，引光入室、讓心朗。試著和不美好的際遇和解、放下、歸零。

年少有稜有角的我，在歲月的洗禮下，逐漸長成一個不必倚賴他人、懂得包容的「大人」。過往，能在春青的沃土上盡情展現自己生命的風華與燦美，都得感謝簡單良善的人們，願意給予自己肯定的掌聲與無私的提攜，至今憶起，仍心存溫燦，暖意無限。

生命若是長路迢迢的行旅，快樂的足踏會讓人生鏗鏘有聲，扣響幸福的跫音。生命若是婆娑之洋的航行，豁達的船桴會使人生划向豐美的彼岸，窺見繽紛的人生風景。曾在書上讀過一段話：「喜歡應該是給對方自在呼吸吐納的空間，願意陪伴他在有情人間，逆光飛翔的勇敢與曠達。」經歷過怨懟曲折的人生故事，讓我汲取了面對挫折的正面能量，一如斐行儉說的「士之致遠者，當先器識而後文藝」，想當個文藝的人，必先端其行，恭謹地做個「君子」。回首過往，踏出寧靜致遠的腳步，窺見燦美的人間芳菲，拈花而笑，寵辱無驚。

細數忽近忽遠的故鄉情

傳說在堯舜時期就有過年的風俗。根據《爾雅．釋天》記載：「唐虞曰載，夏曰歲，商曰祀，周曰年。」可視為新年最早的記載。

年節是遙祭祖先、表達子孫敬意的時刻，家人用異常熱鬧忙碌的節慶氛圍，迎接親友返家的歡聚。年節信息的召喚，家人團圓，一解異鄉遊子的思鄉之苦。

時序已進新舊交替，提前返鄉的我，足跡踏行鄉間田疇、古街老廟，開啟原鄉與自我對話的旅行。

離開家鄉，展開北漂的生活後，居住在微冷有風的城市，生活步調緊湊，鮮少有機會停下腳步來讓生活留白。有天突然發現，漫游、讀詩的靈犀，在現實生活的洗淘下，浪漫靈思離我甚遠了。

漫遊故鄉的土地，尋幽訪勝之餘，從鄉途足踏中，我又重新找回童真的自己。和陌生人情邂逅的甜蜜，聽一段布袋戲的興衰歷史，看看糖廠繁華落盡後的風情不減；搭乘小火車，與微微清風共舞，空氣微甜的氣味，油然升起的自適，體會到「天地有大美」的悸動，原來是故鄉獨特的生活美學。

雖然今日年節氛圍不似兒時濃郁，除夕仍然是家人格外看重的節日。外婆曾是村裡做年糕高手，舉凡菜頭粿、鹹粿都摻入古早細膩的人情味。而我只要甜甜地說聲「好好吃」，外婆就會喜上眉梢，立刻煎出一盤美味的粿食，當作午後佳餚點心，讓我大飽口福。

為了準備過年，除夕一早，家人就得辛苦地準備祭拜地基主的供品，「拜門口」之後，還要下廚烹煮祭祀神明及祖先的供品。從小手腳笨拙的我，永遠只能作壁上觀，頂多幫忙做些洗菜、切菜等微不足道的小事。我跟隨在長輩身邊，依樣畫葫蘆地進行祭祖拜神的儀式。例如，廳堂會貼上新的春花，祭祖之後，擺上發糕及米飯，再插上紙做的紅花，俗稱「飯春仔」。看著村莊內無所事事的孩子群聚在一起，追逐嬉鬧，在暖暖冬陽拂照下，他們開懷大笑的模樣，真是可愛極了！孩子的悠閒和奔波於灑掃祖厝、張羅年飯的大人形成了有趣的對比，似乎重疊著世代微妙的喜怒哀愁。

香煙裊裊繚繞於廳堂內外，大夥依長幼之序跪拜，向宗族祖先同心祝禱。面對繁文縟節的拜神祭祖，年少的我不懂箇中滋味，只覺繁瑣而不耐，如今終能體會那是一份敬天謝天、薪火相傳的虔誠心意呀！

除夕當天更換春聯的工作，是我唯一得心應手的工作。在熱鬧市集買些顏色繽紛的春聯，把古厝裝飾得金光閃爍、喜氣洋洋，乍看雖有些俗氣，但我喜歡除舊布新後，滿室吉祥馨香、溫馨有年味的感覺。幸好，家人也欣賞我的巧思布置，讓我能夠大展身手，略盡綿薄之力。

兒時的除夕夜，是我期待的圍爐時光，外婆和媽媽、舅媽在廚房裡接力翻炒年菜，香味直撲鼻而來，它混雜了團圓的煙氣，食材的鮮味。看到桌上的滿漢全席，香味四溢，我忍不住飢腸轆轆起來。目光所及的慶年好魚、冰糖豬腳、紅燒獅子頭、海鮮捲、長年菜，不只滿足視覺的饗宴，也讓每道佳餚都蘊含了喜事連連的象徵。代表團圓的火鍋發出噗噗沸騰聲，熱騰年味的氤氳，宣告著「新年到」的喜悅！儘管每戶人家的年菜味道同中有異、異中有同，各種味道瀰漫在巷弄之間，彷彿一同品嘗幸福的滋味。

年假最悠閒的時光，是趁著回鄉，與家人來趟心靈小旅行。也許是讀一段詩文，賞一抹冬陽的愜意，亦或是在莿桐花海，欣賞奼紫嫣紅、芬芳縷縷，追逐屬於我們心心相契的花季。

猶記，我曾和母親坐在虎尾厝沙龍，母女沉浸於午後品茶的安靜時光，讓雙眸恣意瀏覽於窗外櫻花雨下的美麗經驗。那應是「小園新種紅櫻樹，閒繞花行便當遊」的閒心雅情；心靈暈染冬陽的燦爛，讓我憶起鐫刻在蔚藍蒼穹的青春回憶。

是故鄉的情感化成向前的養分，幫我尋回生命中甜美的永恆。從故鄉一景一物的變化中，看見臺灣鄉鎮風貌的改變和庶民的生命力，那也是我創作的起點。偶爾覺得心累的時候，總會回家一趟，被故鄉的太陽曬一曬，被家鄉的暖風吹一吹，繾綣的時光回歸了，斑駁的歲月沒有走遠，一如人生的故事還沒寫完，由我決定結局是喜還是悲。

向作家索取人生解方

最近，時光的印記大多留在SONG讀培訓課程的準備。團內夥伴透過激盪創意、分享策略、跨域設計的共備形式，最終皆能以專業的姿態，目標一致，互相扶持，走上實踐家分享的舞臺。置身在教學相長的氛圍裡，自然窺見水到渠成的斐然成果。

昨晚不經意瀏覽到團內秋香老師的臉書分享文，已是半夜三更時。我被熱情的文字薰染著心緒，眼淚竟就不自覺地流下來。即便我們都是一滴小水滴，匯集在一起，也可成為廣袤的閱讀海洋。真誠感人的紀錄，展現共好的力量，我們用閱讀重新找回課室的溫度。

身為語文老師的初心常是簡單素樸，期待學子在浩瀚書海中，窺見君子氣度的奧義，學會以禮待人、舉止有情、行事有義的固有傳統。面對ＡＩ科技的衝擊，即使過往的傳統被視為過氣的、落伍的符號，但仿若有光的古典文學，仍是我心中不可取代的價值。

想要安頓被討厭的忐忑，想要療癒失去的痛苦，想要撫慰不被了解的傷痛，林林總總升騰的情緒，像是一面鏡子，它也正映照此刻的真實生活。除了找到親近的人傾訴，許自己一段閱讀的時光，也能尋回靜謐的心境。例如，《理性與感性》曾溫柔地告訴我：再絕望也可以找到一條路前行。《天橋上的魔術師》讓我明白：不要害怕失去，消失的東西，才有機會永遠不被遺忘。《流浪者之歌》深情款款地帶領我，持續走在愛與真理的路上。

在人生中最壞的時刻，除了無能為力地不斷流淚之外，與我猛然遇見的滿牆書籍，給予我支持的力量。它溫柔地與我的指尖碰觸，用療癒的字句輕撫我，安靜深情地替我拂去淚水，世間所有的問題，都能找到解決之道，一如「白髮漁樵江渚上，慣看秋月春風」的豁達超然，不也是生命沉澱而來的智慧？當我們褪去一無所有的恐懼，在「古今多少事，都付笑談中」的路引下，每一本書都像靜待我們的知音，像久違的老友，相聚的時刻，讓時光定格，我懂你的歡聲笑語，你懂我眉宇的悲愁，在相互理解的流光裡對望著。

一個人即使再孤獨，只要有文字輕柔地相伴，就能擁有被理解的幸運，從中也學會安靜聆聽自己的心聲。一如此刻我重讀《紅樓夢》，十二金釵或娉娉婷婷，或款步姍姍，或悠然恬謐，或處心積慮，每一個巧笑倩兮，都藏有難言的心事。光靄浮動，悱惻輾轉，人物已走遠，我還沉浸在曹雪芹的文字裡，久久無法抽身！

《紅樓夢》對我來說不只是清朝大家族由盛而衰的蒼涼故事，走進大觀園風景裡，悠悠深巷，雨滴屋簷，淅淅瀝瀝，都看到心坎去了。賈寶玉的優柔寡斷，林黛玉的多愁善感，薛寶釵的精明巧言，愛恨情愁、喜悲無常，一回眸，一呼喚，聲聲劫難！凡人呀！一生尋愛求情，有的謹慎果敢，有的瀟灑隨性。人性呀！精明幹練的，不食人間煙火的，奮力抵抗命運的，能屈能伸的，隨波逐流的，沉默寡言的，哪一個不是想活得風風火火，沒有遺憾。

我在《紅樓夢》曲迴的人情裡，風風火火地走一回。到底是我從書中理解了作者曹雪芹的崎嶇難行？還是理解了自己的左右為難？或自始至終，我只不過是個看戲的局外人？暖意漸濃，春柳綠了，莫不是在書寫自己的春日物語？漫步在青石街道，蜿蜒的是誰的心情？拂面春風，白牆黛瓦之外，旖旎風光，自成一幅畫卷。殷紅夕照，廡下古韻悠長，足跡來來回回，光影流流轉轉。掩卷之際，我的一行清淚同理作者執意為大時代平凡人物給的快意落款，抑或是企圖翻案角色的讀者反骨？

猶記，中學時期擔任校刊編輯，與吳友梅校長的一次貼身採訪，體會到范仲淹「先天下之憂而憂、後天下之樂而樂」的聖人風範。這位神父校長把人生歲月都奉獻給學校，希望每個年輕的孩子都能在校園中感受到愛與善，他願意成為替我們擋風遮雨的一片天。當年的我，眼中有淚，心中有火，領悟到讀書是實踐「助人利他」的知識分子天命。成為國文老師之後，只要在課堂上到〈岳陽樓記〉，就會想起友梅校長，他在我內心就是個活脫脫的現代范仲淹。或許，內心嚮往范仲淹「義田」的生命抉擇，讓我漸漸地邁向用知識改變命運的旅程，追隨他的君子遺風，努力當一顆閃亮他人生命的小小恆星。我常自勉：每天累積一點善意，集結一些美好，就能讓世界升溫〇．〇一度。

身為一位教師，我能理解要和孩子們談「聖人」之志，真的離他們太遙遠了。如果，要他們做回可愛的自己，或許是比較容易實現的目標。但我又私心地想把引領時代潮流的聖哲們，輕鬆地帶進課堂，讓他們在知識的長廊中不經意地邂逅彼此、互相提問，思索在人生的各種選擇之中，有什麼是穿越時空，可以持續守護的生命價值？

感謝每位曾跨越千年與我以文字交會的文人作家，讓我在跨時代的思想流光裡，有個鮮活的形象去感同身受他們的理想與經歷過的苦難。他們活在自我實現的壯闊世代，即便人情澆薄，也要強悍、不留遺憾地活著。他們不擔心被世人誤解，帶著倔強的骨氣，堅持與困境搏鬥。在經典作品中，那些耳熟能詳的字句，總在不同的時期反問我：「對酒當歌，人生幾何？譬如朝露，去日苦多。」你真能選對職涯，找到共患難的知音？面對貶謫苦難，屈原有他要克服的心結，蘇軾有他要掙脫的死劫，放浪形骸、曠達不羈的文人，他們要學習的不僅是生命淬鍊而來的自我寬慰，也是在人生淒風苦雨的時刻，帶著微笑持續堅持與自我超越。

「竹杖芒鞋輕勝馬，誰怕？一蓑煙雨任平生。料峭春風吹酒醒，微冷，山頭斜照卻相迎。」有時在顛躓的人生旅途中，也會被無情狂狷的風雨擊打得仆倒跌坐；有時在眾聲喧譁的紛擾下，也會看不到為何而戰的初心。走過世態炎涼的無情鞭笞，蘇東坡走出人生無常的迷霧，看似用消極面對逆境，其實是用平靜超然的心，去享受有限人生的無限光景。蘇軾溫馨的提醒，用瀟灑的身影喚回清明澄澈的自己，也影響我在「志於業、據於德、依於仁、游於藝」的教育場域，凝睇自己的教學初衷，實踐諦聽師教的誨人志業。

生命版圖如此廣袤寬闊，原來，我們可以扭轉不可逆的人生，找回愛自己、愛別人、愛世界的能力，必能成就與眾不同的人生長河。仁慈會使我們獲得真正的友誼，誠實讓生命更加成熟，體諒他人終將獲得真心的回報。生活難免遭逢挫折困頓，一顆無畏無懼又豁達寬容的心扉，就能讓自己找到安身立命的力量，尋覓到一處安穩恬適的美境。

這些看似走遠的古代聖哲，在我面對人生風雨時，慷慨地帶來珍貴的金玉良言。閱讀他們的作品，你會發現：當你為了升學、求職、交友、買房、婚嫁問題感到焦慮時，聖哲同樣要面對世道與人心的抉擇，並且在人生困頓時刻，鼓勵我們是非成敗轉頭空，唯有勇敢挺直腰桿走下去，生命就會找到真正的答案。

花開花落有時，把人生的「坎」化為祝福

那天寒流來襲，我恰好因南下工作有機緣返家，母親特意煮熱騰的宵夜讓我享用，她默默挽著我的手腕，輕聲地說：「是不是忙到沒時間吃飯？感覺妳消瘦許多。」

我偷偷轉身，抹去眼角的淚水。母親總是如此體貼溫柔，讓我凌亂的腳步，因她愛的回聲，終能找到回家的小徑。

那次，內心有著極大的困惑，我問起母親：「為何有些人就是和我們不對盤？說什麼話都針鋒相對，做什麼事都是對立難解。您對人總是那麼善

意，應該沒有遇到無法相處的人吧？」

媽媽卻說：「年輕的我，自視甚高，處事風格常和別人產生格格不入的情況。但是，和別人起衝突、看別人不順眼時，還是會有反求諸己與善於自處的覺察，會不會犯了貢高我慢的執拗？」

「那是什麼意思呢？」我忍不住追問。

「當你與人相處時，四周瀰漫著不對盤、不舒服的氛圍時，可能要反問自己：是不是先對別人起了憎惡之心？或許，我們看到的事情並非全然的真實，你覺得他人討厭，是不是被自己的成見蒙蔽了理智？或許，我們可以進一步深究：與其因為他人的行為氣憤難平，不如思考如何與人相處，找到理解的橋樑。」母親氣定神閒地回答。

「別人說的話，你起了執念，因為拂逆心意，所以聽起來不順耳，就像我們一生氣，內心防禦機制就會啟動攻擊系統。如果把他的話重新解讀，可能只是一個提醒、一個觀察，或另一個視角，他的出發點可能是希望我們做事更謹慎、更周全、更順利而已。還有，我們應對和做事的氣場太獨斷，是不是也成為別人生命卡關、煩惱的源頭？別人受不了你的態度，把你當大魔王，才給你『坎』過，讓你行路難。當你再次回擊，也讓他的人生『有坎難過』，人際關係就會陷入相互扞格的惡性循環。」

極端的愛恨仿若人際的死角，讓大小傷痕雕鑄在心版，就容易讓善意消褪。如果，能夠相忘於江湖，讓柔軟的心汪肆如海，就能讓人樂於親近。若每段關係都建立在善處之上，即便走到盡頭、畫上句點，彼此仍能自由自在，也沒有太多的埋怨和憎恨。

在有起有落的生活中，受惠於母親的人生智慧，讓我有所頓悟覺知，也解開了許多錯綜人際的枷鎖。在人生的舞臺上，每個人都有要扮演的角色和位置，有人是光鮮亮麗的主角，經常有機會在臺前曝光，引人關注，擁有掌聲；有人是綠葉陪襯的配角，鮮少有機會上臺，卻不以為人作嫁為苦，內在飽滿的愛，讓他忘懷得失名利，成就內在更大的寧靜。每個人若能各司其職，這齣好戲才會演得精采。每個角色都有它不可取代的位置，所以，盡力扮演好自身的角色，做好自己的本分，就不虛此生、無愧於心。是不是能當個眾星拱月的主角，或許不是我們所能強求的劇本。

人們喜歡花開的燦爛，百花也就無私地傾全力盛開；人們讚嘆花落的慷慨，群花也就無畏地化作春泥更護花。

人生如同花開花落一場，善處的自在，讓我們更能明瞭人間有情的真諦。繁花落盡的凜冽時節，放慢腳步，就能聽見大自然向我傾訴的人生哲理。梅樹綻蕊清亮的「咚」聲，倏地敲向我的心扉，引領著我走向蓊鬱的林蔭，欣賞晨曦乍現的絢爛曙光。

徐志摩曾說：「夢境最美，它讓你神迷心醉；追求最美，它讓你心不再蒙昧。可惜的是，很多人不知道現在最美。」能夠珍惜與知足當下的人，才有機會緊握住手中簡單的幸福。

一片雪花的飄落，提醒寒冬的腳步悄然來臨；梅花初始綻放的生機，鼓舞自己盡情享受寒風刺骨的凜冬時節。若能從四時遞嬗、花開花落的空鐸好音，望見人間有愛的豐盛美景，人生的坎應已成為「何其有幸」的生命祝福吧！

愛，容不得我們等待

南山烈烈，飄風發發。第一次，也是最後一次，我仔細地端詳您們的容顏，沒想到，最後斂笑的凝眸，竟是您們沉睡於棺木的時刻；當棺蓋一闔，這一別，真的是永別了。

阿公、阿嬤，這次您們任性地沒醒來，也沒有和我說再見，讓我感到悲痛和懊悔；而您們的離開也告訴了我：孝順父母要及時，把握相處的每一分、每一秒。

人生就像是南柯一夢，很多事情等不及去實現，就已化為一縷煙塵。如果過往的歲月可以重新來過，我會更努力學習如何把對您們的愛，化為實際行動，而不只是放在心上的思念或掛在嘴邊的靦腆笑言。

我一直記得，童年失學的阿嬤，七十歲的時候，學會在紙扉寫下自己名字「葉月香」時的滿足神態。她對著我說：「阿孫，小時候，家裡很窮困，沒有能力供我念書，總覺得知識不足，很自卑，失學的童年，也有些遺憾。現在，可以靠自己的力量寫字、認字，學會寫自己的名字，是多麼開心的事，這是上天送給我最好的禮物，讓我覺得很滿足了。」

我從來沒想過，「讀書」對老一輩的人來說是件十分奢侈的事。長出厚繭紋路的手指，如今可以握筆習字，讓阿嬤覺得此生無憾了。但阿嬤從來不知道她對我影響有多深遠，雖然她沒有機會讀很多書，但她以身教告訴了我和母親，「正衣冠」的生活態度有多麼重要。阿嬤常提醒我們：「居家有居家的衣著，工作有工作的服裝，外出有外出的打扮。」因此，每次出門總會先思量，今天該用什麼妝容，來應對不同的場合？在與人對談時，要多在意別人的感受，雖非附庸風雅、沽名釣譽，那是對周遭朋輩初見的虔敬之心。

小時候，每遇假日，母親和阿嬤都會蹲坐板凳上，把我的白衣藍裙制服搓洗得潔淨，然後擰乾鋪曬在竹竿上。她們不時地告訴我：「當學生就要有當學生的樣子，即使書讀不好，制服也要乾乾淨淨的，這是對學生這個身分的看重。」

看著白衣藍裙隨風飛舞，不一會兒就被太陽曬得暖烘烘的。接著阿嬤會叮嚀我：在太陽下山前，要把衣服收到房內，趁著夕照的暖氣，把衣裳摺得平平正正的，上學穿上就會顯得有蓬勃有朝氣。

阿嬤從洗衣、曬衣、摺衣，這些日常瑣事教導我們，灑掃進退是基本功。我們的生活若能有秩序，一言一行就會有為有守，小事的恭謹之心都會影響著自己將來會變成一個怎樣的人。

至於被村里譽為春風少年兄的阿公，他一生為人寬厚，年輕時曾與友人合夥做生意，沒想到被惡意欺瞞，導致家道中落。但他卻從未埋怨或心生報復，說起這段陳年往事，他還寬厚地告訴我：「要不是不得已，沒有人願意使壞、害人，他也是有苦衷的，我們要原諒，要放下。」阿公的舉措讓我想起蕭麗紅《千江有水千江月》筆下的貞觀阿公，對於偷瓜者因貧而偷，自行躲藏身軀，其展現的卻是生命的寬容與柔軟。

說阿公鄉愿也好，宅心仁厚也罷，生性溫厚的阿公和個性堅毅的阿嬤，即便價值觀迥異，卻相互尊重與體諒，是我眼中的絕配夫妻。

愛，容不得我們等待。如果可以，我多想在他們生前，多一點貼心、多一份付出，而不是此刻只能無助望著靈柩潸然落淚。如果可以，我期待能在阿公阿嬤身體健康時，帶著他們出國旅遊，領略山巔水湄的人間勝景，而不是像此時徒增失落與遺憾。但是，再多的憾恨也無法重返共處的時光，我只能把阿公、阿嬤的叮嚀和祝福，緊緊攜帶在生活的日常。

愛，容不得我們等待。燃起一炷香，看著煙霧裊裊升起，「阿彌陀佛」的誦經聲不斷竄進我的耳際，囁嚅難言的我，仍想最後再問一次：「這馬快樂無？這馬做什麼代誌？」

生是偶然、老是自然、病是突然、死是自然。就如同西藏高僧在晚上就寢前，會先將杯子倒空，杯口朝下收好，因為他知道無常隨時可能到來，如果明天沒有醒來，杯子就用不著了。

在一片肅穆的祈願聲中，放下內心的執著，想要回歸到他們喜歡我的模樣，以及疼愛我的心情。

親愛的阿公、阿嬤，謝謝您們，讓身為長孫女的我，曾擁有童年生活獨寵的溺愛。阿公善於說故事，讓我對世界有了天真熱情的想像，也養成我積極向上的性格。做事循規蹈矩的阿嬤，讓我學會為自己的人生負責，懂得敬天愛人、謙虛待人。

在揪心眼淚汩汩滑落的此刻，我把過往的回憶和您們生命重疊的印痕，深深烙入生命的系譜裡。我讓我和您們好好說「再見」，把每個美麗共處的昨日都燙印成生命的印痕。

眼淚是珍珠，留給最愛的人。往後，我會把眼淚收納在記憶的寶盒，用笑容思念您們。您們陪我走過的足踏並非絕響，早在我的生命凝鍊成祖孫情深的永恆。

與眾不同的你，是獨一無二的風景

小時候，最害怕被老師點名的時刻。一瞬間，內心的膽怯無所遁逃，身體像是觸電一樣，不只腦袋一片空白，還會語塞茫然。當我好不容易整理完紊亂的思緒，想要認真回答的時候，看見老師對我頷首微笑地說：「換下一位同學」，欲語暢言的機會常就彈指而過了。

當時，老師體諒我木然佇立的尷尬，將心比心地要我先行坐下。但殊不知，不善言辭成為學習系譜的一道傷痕。從此，羞澀木訥已成撕不掉的正字標記。我把說話視為畏途，任何需要侃侃發表的場合，都會讓我心跳加速、臉色慘淡。但，弔詭的是，只要坐下之後，我的心情就像搭雲霄飛車似的，從忐忑到緩和下來，沉浸於聆聽同學發表的精湛言論，內心的不安也漸漸消退，取而代之的是醍醐灌頂的喜悅。

由於同學們的思考都太有創意，讓我忍不住振筆疾書，記錄課間如燦花般的互動。那段安靜坐在課堂裡，傾聽同學辯才無閡、靈光閃現的言談，讓我內心豐盈、收穫滿滿。

長大後，角色互換，成為課室的學習體驗設計師。面對臺下認真聽講的學生，我總會特別關注沉靜內向的孩子們。他們雖然寡言，卻善於聆聽，因此我會多給他們一點琢磨的空間。例如，將他們發表的次序排在後半場，或是事先公布討論議題，讓他們能盡早做準備。

表面上，他們看似局外人一樣，其實都在默默觀察周遭事物。經過深思熟慮的論點，具有拔新領異的深度與廣度。內向的孩子善於獨處，也比較願意站在對方的角度思考，雖然當不成炒熱現場氣氛的主角，卻能給團隊帶來一股安定支持的力量。我相信若把內向性格的孩子放對位置，他們會成為團隊中最可靠的神隊友。

內向的孩子習慣和他人保持距離，這不代表他們不夠出色，而是他們承受環境的感知較為敏感，必須訓練自己用不同的欣賞濾鏡去理解大千世界。即便常處在緊張的情緒，導致生活磕磕碰碰，還是無法阻擋想遊歷花錦世界的好奇之心。我常會鼓勵他們將獨見獨知，精準表達出來，讓更多人認識他們內在卓詭不倫的體會和真實感受。

上週學校舉辦一場千人的閱讀K歌大賽，在百人海選時，有位演唱嘻哈曲調的選手特別引人關注。在初賽過後，他娓娓說出自己會選擇饒舌音樂，不只是自我挑戰，也想要帶領大家走進嘻哈音樂的美學世界。

當時，我鼓勵他：「決賽就用你的Rap去感動上千人，讓大家知道什麼叫做真正的嘻哈，盡情地唱出能代表自己想法的歌曲吧！」

孩子的眼睛頓時閃閃發亮，當天的精湛表現更是HIGH翻全場，連評審都給出超高的評價。

比賽結束後，有位不擅言詞的選手趨近我，小聲地說：「老師，謝謝你的暖心，讓我覺得怪咖也有人喜歡……」

「你才不是怪咖，你是被低估的內向者，要喜歡上天送給安靜的你與眾不同的氣質。」與孩子對望一瞬，眼眶有些濕潤了。此刻，我似乎在孩子的堅毅眼神裡看見年少的自己，為了與人溝通，我們要鍛鍊「被看見」的勇氣。

施與受，如時雨、如春風，是師生相互支持的時光軌跡。在我眼中，每個在生命中跋涉的獨特姿態都是自帶光芒。那些不善於表達，卻踏實認真的內向孩子們，透過音樂、文字、藝術，彌補無法即時表達個人意見的缺憾。

如果，老師們能給予他們慢慢學習與做自己的空間，就可以撫平他們對生活的不安感，展現出自信的風采。或許，每個人都在找自處的定位，無論安然獨處或與人合作，只要放下恐懼，就能享受和他人交往的安適喜悅，繼續走在獨一無二的旅程，歲月無驚。

唱我們的青春之歌

蘇打綠《當我們一起走過》曾是我們的班歌，青峰以清亮的嗓音、悠揚的歌聲，鼓舞著我們：「我們都曾有過風雨過後的沉重……也知道，我們並不會退縮。狂奔的念頭，不曾停止溫柔……」

最後一次在課堂上看著臺下的你們，在心中一一默唸每個獨有的名字，想起曾經一起輕唱歲月之歌的種種回憶：「當我們一起走過，這些傷痛的時候，包著碎裂的心，繼續下一個夢。」最初的音符串起三年晨昏定省的師生情緣，隨著四季遞嬗而持續流轉，靜悄無聲地匯流成了思念之河。

孩子，謝謝你們，曾在生命最陰鬱的時刻，為我齊聲唱一段：「我，在曠野漂流，漂流的盡頭，就是你愛的寬容。你，眼底的溫柔，也為我保留，心的寄託……」抒情優美的音韻漫溢，讓我感動到淚眼婆娑，不能自己。

人生不論歷經多少風雨，只要能這樣靜靜地與你們相伴而行，就覺得甘之如飴。我們像人生長河中一淺獨流的清淺，飄蕩至漂流的盡頭，你們為我激起美麗的浪花，我為你們盪起熱情的波瀾。我們盡情倘佯於汲取知識的芬香，用哲學的思辨相互激盪，體會晴空悠悠的人間風景。細數國文課本居廟堂之高而憂其民的作家們，其實和我們的經歷相仿，愛過恨過，哭過笑過，他們也曾傻氣地大聲哭喊，想搶回被無常奪取的幸福。那段因心生不甘而起的憤恨，被命運追獵的倉皇失措，最終，他們總找到一帖安頓身心的解方，跨越榮辱的羈絆，往後的行旅也更雲淡風輕。一如王維用溫柔的眼神，望向劫後餘生，苦痛和風霜反而綴點隨遇而安的生命風景，雖是孤獨卻也絕美。

孩子，還記得我們漫步在綠蔭大道，細看櫻花的閒情嗎？孩子，還記得，我們撿拾幾朵形狀完整、香味清淡的櫻花，就在草地上做起書籤手作的愜意嗎？我曾和你們漫步在校園綠道上吹著微風時，回憶年輕的自己，是否也是如此瀟灑？我和你們一起在秋天踩著窸窸窣窣的落葉，沒有季節遞送的蕭瑟之感，卻因你們的亦步亦趨而內心寧定下來。

低吟青春的曲調彷若在尋索人生未定的跋涉。猶記，那雙滿溢怨懟敵意的雙眸攫住了我的心扉，是怎樣的悽愴孤寂，讓你用桀驁不馴來隱身自己的良善？一雙揮舞著暴戾怨氣的臂膀圈住我的步履，是怎樣的煢孑落寞，讓你用決絕無情來捍衛自己的青春？多感謝你們，願意把我當作可暢談心事的知己，讓我能以澎湃的真情撫去你的青春的痛楚，成為彼此生命抑揚起落的永恆光束。

看著原本少年不知愁滋味的你們，因赤足涉險而受傷淚流，我也會同感傷痛而將快樂停擺。同樣地，在同赴白晝之光的路上，我也會為你們昂首的笑靨而燦亮晴朗。或許，往後的人生，我無法再提供你們課本之外的標準答案。但是，我願允諾夸父逐日地陪伴你們闖盪青春無敵的不朽大道。

如果，一首歌能濃縮你我之間朝夕相處的流光，那麼，親愛的孩子們，品啜生命的純粹之後，請傾聽內心之音，在邁向下個人生旅程時，你會再次輕唱起哪首青春之歌？

年輕才能義無反顧地整束行裝，勇敢無懼地上路追夢。希望你們不要因執拗而傷人，願每一次跌跤都能讓你學會堅持，從中找到蛻變的勇氣，以及破繭成長的喜悅。

挫折能打擊你，卻不能擊倒你；悲傷的潮水能浮沉你，卻不能淹沒你。以追尋夢想的身影，盡情高唱屬於自己的歌謠吧！

當鳳凰花開、驪歌響起，你們揮手與我道別時，請再次為我唱起：「有多少苦痛，有你和我一起度過、一起承受；有多少快樂，有你和我一起享受，一起感動。」此刻，我在你們的輕柔歌聲中看到祝福的花朵，在風中搖曳。此生能夠牽著你們的手而不放，是何其幸福的事呀！

這首屬於我們青春不朽的主旋律，將隨著你們離去的背影，化為絃歌不輟的餘韻，繚繞著千絲萬縷的溫柔思念。

留些寬容給他人，留點溫柔給自己

今日，畢業許久的孩子回來看我。離開前，她含情脈脈地看著我說：「老師依然是似水柔情的人。」霎時，心湖像是泛起陣陣漣漪，舊日時光如瀲灩波紋般無限擴散開來。

年輕時的我與他人的相處直率且多情，直到遭遇逆寫善意的對待，才開始淡然劃出人我明確的界線。年輕的我對萬事萬物抱持好奇熱情，但是發現人性有其暗黑面，才開始收斂脾性，獨善其身。

青春是一部渴望被讀懂的書卷，孩子甜膩的語氣，提醒了我：溫柔話語勝於滔滔雄辯，善意的純良才是生命該有的底色。謝謝孩子歷久不衰的信任，讓我能繼續以溫柔的心替每個與世界碰撞的孩子們，彌補裂痕，讓善意如盛滿至誠祝福的羽觴，每次相逢即是一飲而盡的「快樂」乾杯。

一位熟識的朋友，工作能力超凡，情緒管理十分高明。後來，我忍不住問他的成功祕訣：「你怎能做到臨危不亂，總是神色泰然、指揮若定，井然有序地把事情都做到最好？甚至，從未對身邊的人過分的批評與責難？」

他說出了一個幸與不幸交叉點的故事。

年輕時，他曾在一個工作專案中做錯決定，讓公司虧損不少錢。犯了錯得自己一肩扛，不能傷及無辜屬下，這是他慣有的工作原則。因此，準備寫完檢討報告之後，離開原本薪俸優渥的工作環境，以示負責。此刻的他，心情應是降至零下幾度C的冬日吧！

令人意想不到的結果是，老闆看到他的檢討報告及辭呈後，第一時間找他談話：「在職場上，沒有人會無條件支持你，犯錯就是要付出相對的代價。

不過，公司栽培人才是看長久的戰力，你勇於承擔負責，對公司而言，你就是我們要找的優質員工，具有潛質的員工是值得公司用心培養的。眼前損失的，我們還能承擔，希望你能記取教訓，以後幫公司千倍、萬倍賺回來。」起伏跌宕的人生境遇，讓他應諾做個誠實負責的人，祈願給身邊的人多點機會，成為他人生命可倚靠、取暖的夥伴。

犯錯是最好的老師，勇敢面對問題，才有機會扭轉乾坤。年歲越長，隨著擔負的責任越沉重，被賦予的期待也更多了。我們可能是別人的上司，不苛責部屬的無心之過，願以寬容大度的相待，給他一個溫柔敦厚的臺階走下，讓他有機會再次成為公司的樑柱，這份心意是我要學習的。

人需要自省自律，才不會事事計較比較，一個人只要能被真誠地接納與支持，就能有同理心，懂得站在對方立場設想，做出調整與改變。那些對現實不滿、時常抱怨的人，往往戀棧舒適圈，不願花時間改變自己，慢慢地失去了突破自我和實踐的能力。

你選擇了何種人生選項，就會得到什麼樣的結果。別指望自己犯錯，別人必須全然寬容接受；但也別執著於追究他人的過錯，拉高眼界，靜待未來駛向融雪的人生春季。

胡適曾說：「做學問要在不疑處有疑。」鼓勵我們做事要堅持科學精神，實事求是、實驗探究。但下一句就耐人尋味了：「待人時要在有疑處不疑。」做人的寬容比爭個是非曲直更為重要，看見別人身上的光芒，懂得欣賞是君子的氣度。處理對立、爭執，與其生氣，不如「爭氣」。負面批評表面上貶損自己的聲譽，若能轉念思考，人情留一線，日後好相見。若能不以埋怨、抵制、反對、生氣的形式反擊，那些蜚短流長的攻訐，自然會煙消雲散。我常以薛西弗斯為例，那顆推上山頂的巨石若是善意之石，即便不知滾回了山下幾萬次，善意最終仍被他的堅持而延續下去了。

專注於眼前的工作，利他又利己；專注於閱讀推廣，涵養心性也能自我成長。把時間投資在哪裡，就會成為「哪一種人」。就像古賀史健說的：「一本書或許不能改變世界，但可以改變我們看待世界的方式。一但改變看待世界的方式，其生存之道也會跟著改變。」這或許就是書籍擁有力量的因素吧！我常想：有陰影的地方，必定有光從縫隙裡照進來。儘管人生有許多猝不及防的橫逆，只要勇於迎接各種挑戰，人脈和機會存摺也會越來越豐厚，善意也會破土綻芽，蔚然而成鬱鬱蔥蔥的溫柔之林。

你有多勇敢就有多自由

教師這個職業是從小的志願，當上老師之後，母親常千叮萬囑：「不要忘記當老師的身分及使命喔！每天上班都要精神抖擻、全力以赴。」

雖然成為老師，已進入N個寒暑，教書仍像設計闖關遊戲有趣又充滿挑戰。若教與學是動詞，每堂課都是嶄新的嘗試，期待學生面對生活的顛簸，仍願意迎難前進。課堂的互動，也成為未來人生通關的重要密碼。

一堂墨子〈公輸〉可以是人生進與退的桌遊賽，語文也不純然只有死板的背誦，好好引導孩子的思路，幫助他們培養縝密的表達邏輯，讓思考可見。

教與學的創意往往從生活汲取而來，教學不是華麗的課程軍備賽，而是打從心底想讓學生在學習行旅的尋常巷弄裡，窺見生命意外的驚喜。「眾裡尋他千百度，驀然回首，那人卻在燈火闌珊處」是多麼美好的事，而總有一個人會安靜地等待他走進智慧如繁花的文學殿堂。

那日，帶著孩子們去上節目，錄音之前，有位自我要求比較高的孩子，因為太在意結果而患得患失，在錄音室前不斷來回踱步，試圖讓自己心情平穩下來。我刻意說著很冷的笑話，要幾個「中二」的動作，讓孩子卸下緊張的心防，當他被我逗得哈哈大笑時，緊張的氣氛也稍稍緩和了。

事實上，我也是個緊張大師，每次上臺前都會緊張到肚子疼痛、臉色蒼白，被誤以為是個傲嬌的演講者。這些不自覺的行為，來自於青少年期的極度沒自信。即便爾後刻意練習放輕鬆，依然敗給那個擔心失常的自己。長大之後，我忘卻了得失心，專注在當下，慢慢地越講越「順手」，緊張也漸如微塵，回歸天地。

另一個孩子平日是個說話高手，不只表達流暢應答也得體，但一進錄音間，可能是壓力爆棚，一心急就卡詞，一卡詞，唸了幾句又急躁起來。一次又一次的重錄，讓求好心切的他承受不住壓力，就嚎啕大哭了起來！主持人貼心地暫時中斷錄音，讓孩子能緩和一下焦躁的情緒。

我知道，他一定很擔心自己把事情搞砸了！困在自責的情緒中，走不出恐懼的陰霾。我要他放心，無論主持人問什麼話題，輕鬆應對就好，很快地，他也恢復精準的談話水平，冷靜完成任務。原本眼睛腫、鼻音重的他，也因成功挑戰而破涕為笑。

孩子們選擇自我超越，表現自然令人刮目相看。我告訴他們，願意走進錄音間的膽識，不管錄了幾次，都比不戰而退，更像個有擔當的大人。

回程，孩子說出過去曾唸錯過文章內容，惹老師生氣到破口大罵的經驗。今天卡詞的當下，讓他想起過去的遭遇，情緒陰影隨之籠罩，頓時覺得恐懼。他好害怕大家會不會怪罪他事先沒有做好準備。

聽到這裡，我的鼻頭一酸，輕輕地摟住他：「唸錯、說錯都沒有什麼關係呀！老師的存在不就是陪著沒做好的學生，一次又一次挑戰與突破，直到你們變得厲害嗎？唸錯了只要再多唸幾次就好，如果以後不小心犯錯，只要知道為什麼會犯錯？如何改進錯誤？下次別又犯同樣的錯誤，就是顏回不貳過的現在進行式。」

坦然面對每次的錯誤，它會成為生命中最有意義的成長故事。在學習的路上，每個人都是從不會到會，不斷反覆練習後，才有機會變成強大無堅不摧的「鋼鐵人」，就像丹尼爾・科伊爾說的：「卓越不只是天生的，而是後天養成的。」

我曾經教過一個孩子，他的數學成績總是不及格，但很有寫作、繪畫方面的天分。長大後，他在日常工作之餘，揹著相機四處去旅行，用鏡頭捕捉城市和鄉野之中的美景。每次在社群平臺看到他的圖文創作，都帶給閱聽者震撼與驚豔，猶如邂逅逆光前行的怦然心動。

世界之所以多采多姿，是因形形色色的人們存在其中。如何發掘孩子的天賦，讓他們處在快速發展的多元化社會，綻放熠熠閃爍的魅力，是每個師長責無旁貸的責任。

年輕的我們都曾懷抱過瑰麗的夢想，是那些險阻圈住我們昂首闊步的步伐？我很喜歡五月天〈倔強〉歌詞清唱的：「逆風的方向，更適合飛翔，我不怕千萬人阻擋，只怕自己投降。」過去，師長們或許會和我們說：「在哪裡跌倒，就在哪裡爬起來。」這句話可能不再是金科玉律了，與其讓孩子在不擅長的事情上一再受挫，甚至感到氣餒疲憊，不如試著鼓勵他們：在不擅長的地方跌倒，就從擅長的地方爬起來。若我們能用賞識的眼光看待每一個孩子，幫助他們克服脆弱與害怕，鼓勵他們探尋所長，或許每個孩子都能變成讓人眼前一亮的「天才」。

有的孩子就是大器晚成，若是我們用對方法，懂得等待與陪伴，給予他們摸索的空間，孩子就能天賦自由，真的不用擔心孩子輸在起跑點上。等待慢熟的孩子，在安全感與讚美聲中長大，往往更能察覺自己的天賦。讓孩子多些時間琢磨、淬礪，成為他們情感的出口，也是親近的陪伴者。

有句話說：「困難頂在頭上，就要滅頂；困難墊在腳底，就是成功的墊腳石。」人生不是百米短跑，它是一場毅力和耐力並重的馬拉松賽，遭遇困難時，別急著否定自己的能力。千里之行，始於足下，累積經驗，可以提升挫折忍受力。人生的姿態，可能是恣意漫行，看似沒有方向，卻是自我探索的行旅。盡情享受探索的時光，把途中的風風雨雨當作修煉，把崎嶇不平當成磨練，意志堅定了，就可以走完全程；實力累積了，就能看淡成敗。

當孩子眼中閃爍自信光芒時，就離自己喜歡的模樣越來越近。當孩子懂得專注所學，綻放熱情，就能成為一個快樂學習者。莊子說：「吾生也有涯，而知也無涯。」希望帶領孩子挽著勇氣的衣袖，行旅至山巔水湄，讓他們都能找到屬於自己的天賦，在名為夢想的港灣停泊。

閱讀是一生無悔的浪漫

學生時期，校園流行交筆友的風潮，多年後想起，仍是一段難忘的回憶。為了伊人句句尋思、字字落筆的心情，看似簡單，卻是理性與感性的拉鋸，字斟句酌的用情。至今，我亦珍惜文墨相許的心意。

雖然留下幾封記錄年少輕狂的書信，卻留不住互訴衷曲的知音人。因此出了社會後，為人書寫研墨心事已是奢侈的事，或許是世態炎涼、人情淡漠，也或許是習慣了臉書、line 等社群媒體可以即時表情達意的溝通，讓我與見字如晤的手溫漸行漸遠。友誼無法透過親筆書寫，留下暖心的蛛絲馬跡，這或許是AI帶來世代書寫的斷層。

在沒有網路的時代，寫信是件幸福又浪漫的事。木心〈從前慢〉提及的：「從前的日色變得慢，車、馬、郵件都慢，一生只夠愛一個人。」有了距離就有等待，有了等待就有思念，被文字封存的情意是速食年代無法體會的溫柔。而維繫兩人的橋梁，也是一種無可取代的默契。

「這是一間活脫從狄更斯書裡頭蹦出來的可愛鋪子……一走進店內，喧囂全被關在門外。一陣古書的陳舊氣味撲鼻而來……極目所見全是書架——高聳直抵到天花板的深色的古老書架，橡木架面經過漫長歲月的洗禮，雖已褪色仍逕放光芒。」

猶記，打開《查令十字路84號》這本書的初始，我躺在軟綿綿的床上，聽著蔡琴的老歌，結果，伴隨徹夜的是翻騰的情緒，不忍釋卷。

有一種知己，超越了時空的羈絆，找到心靈交會的方向；有一種情深，可以改寫世俗的質變，找尋到心有靈犀的默契。一位美國作家與英國的二手書商，因為買書、寄送書而串起了跨越時區、知識交流的情誼，在講究速食情感的現代社會中，更顯得稀奇可貴。

書封以查令十字路84號的書店老照片為設計，記錄著女作家漢芙與倫敦書店Marks & Co的法蘭克之間長達二十年的魚雁往返，相知相惜的情誼令人感動。二十年來，他們未曾謀面，因為愛書而彼此關心、相互了解，建立起一段純摯的情誼。他們對書籍的喜愛如出一轍，透過文字的交流，展開深入的生命對話。

法蘭克熟悉自己書店裡的每一本書，對每位顧客提供親切的服務，投入情感用心經營。他讓來到書店的顧客體會到，這是一間具有閱讀品味的店。漢芙將被人棄之如敝屣的二手書當成珍寶，法蘭克從漢芙撫摸頁扉的神情，流瀉的幸福眸光，知道她有顆同樣愛書成癡的心，因此盡己所能地將店中的好書送給這位知音人。

「人口研究報告可以印出各種統計數值、計算城市人口，藉以描繪一個城市，但對城裡的每個人而言，一個城市不過只是幾條巷道、幾間房子和幾個人的組合。沒有了這些，一個城市如同隕落，只剩下悲涼的回憶。」——《查令十字路84號》的字句也說明了：書店，創造了城市的價值，一個城市若有了一間能吸引人停下腳步的書店，往往就能魅力倍增，甚至成為某種文化指標。書中的倫敦書店Marks & Co，雖然現實生活中已經不存在了，但書迷們造訪倫敦時必到查令十字路張望、拍照，期待一段與書店的浪漫邂逅。

還記得第一次到倫敦旅行，遇到的是灰濛濛的天氣。當不成鎮日撐篙的新月派詩人徐志摩，也做不成揮灑才情的文豪莎士比亞，我這個水土不服的獨自旅行者，錯失了與查令十字路書店相遇的美好機緣。

但是，我在《查令十字路84號》看到書與人的交會時互放的光亮，讀出閱讀對於滋補心靈的重要，即使在烽火連天的二次大戰期間，人們仍渴望閱讀，希冀心靈的飽足。書中安排海蓮．漢芙偏好購買二手書，或許也是困窘生活中不得不的選擇吧！

我是個買書成癮的人，經常隨性地買書，閱讀到投影於波心的文字，就愛不釋手，甚至讀到廢寢忘食，欲罷不能！但我必須誠實地說：我是個有閱讀偏食症的讀者，偏愛哲學、文學書類，因而鍾情文史哲的書寫者。每次打開他們的作品，就像看到失散多年的知己，忍不住和心有戚戚焉的故友說聲：「噢！你也在這裡嗎？」

猶記念研究所時，教授曾問過我：「怡慧，你的背包裡怎麼常裝著同質性很高的書籍？你只看這些書嗎？」靦腆的我，只是傻笑著。其實我私心想支持那些在文學、史學、哲學上孜孜矻矻鑽研著、辛苦琢磨著的寫作者。我擔心有一天，那些宛如石中劍的寫作者，沒有像我一樣的亞瑟王來慧眼識英雄，如何有機會讓這把無價寶劍顯現於世人眼前呢？一直很喜歡村上春樹在《挪威的森林》中說：「每個人都有屬於自己的一片森林，也許我們從來不曾去過，但它一直在那裡，總會在那裡。迷失的人迷失了，相逢的人會再相逢。」能與喜歡的作家相知在文字相思林裡，那是多麼在乎與慎重的心意。

從邂逅《聽風的歌》開始，身為村上迷的我絕不會錯過任何一本他的作品，閱讀村上春樹的作品，會油然而起癡心的粉絲情愫：身為村上迷是不講道理的，遇上就遇上了。小說回歸文字本身的力量，「無妝」的文字，最是悸動人心，這也是寫作者的堅持。村上春樹明明能靠一夕爆紅的名氣，從容地當個一線暢銷作家，他卻依然專注在創作本身，熱情走在忠於原創的道路，單純享受寫作的快樂。有次，自己因為村上春樹喜歡《大亨小傳》的報導，旋即走進紙醉金迷的小說世界，投注於華麗又殘酷的華爾街浮華生活，這是與作家共感同溫的另類閱讀經驗。村上春樹的字裡行間，隱隱透露出日常的癖好與品味，喜歡爵士音樂、威士忌，跑步、旅行的他，不只生活規律還是個超級宅男。同時，小說情節呈現出作家獨樹一格的生活態度，勾勒出一幅村上的桃花源世界，讓人豔羨而心嚮往之。

連續十六年被提名諾貝爾文學獎的村上春樹，年年都落得陪榜的結局，身為村上迷，內心難掩小小的失落。但我堅信：總有一天，村上春樹會得到實至名歸的冠冕。

書店，是閱讀者的人間天堂。而閱讀之於我，是撫慰靈魂的幸福所在，常常在閱讀當下，心中被某種力量給重重敲擊、震撼著。這些年，往來巡梭在閱讀講堂推廣分享，巧遇各式各樣志同道合的貴人們，愛閱的友伴把閱讀的芳馨，散播到生活的每一隅。閱讀日常、日常閱讀，讀寫人生儼然成為一輩子最浪漫的信仰與生活的實踐。

快樂與不快樂都是選擇

年幼時，母親曾對我訴說過一個故事：傳說有種不死鳥，世稱火鳳凰，牠們每五百年會集香木而自焚，身負著世間的痛苦與恩怨，經烈火焚身後，以浴火的痛苦，換來人們的美麗祥和與幸福寧靜。

當時還處在懵懵懂懂年紀的我，並不了解箇中真意，後來經母親指點迷津，才知不死鳥為天地守住一份犧牲小我、成就人間至善的承諾，是利他的極致表現。生命中，如果沒有苦難的歷練，何來多彩多姿的虹影？面對苦難依舊快樂地歌唱，需要怎樣的樂觀，才能秉持揮手微笑、瀟灑待之的情懷？

年歲漸長，有時看到友伴周旋在言語交鋒之中，只因芝麻綠豆的瑣事，非得爭個是非曲直，置身在兩方衝突的火爆氛圍中，即便事不關己，心情仍是忐忑難安，好幾日不能成眠。腦海不時浮現那幅浴火鳳凰的影像，和王安石耿介執拗的身影。

試想王安石「山桃溪杏兩三栽，為誰零落為誰開？」的心情，面對繁華落盡，是寂寥、是釋懷，還是悵然？為新法改革傾盡心力的他，最終歸隱鍾山，不求虛華掌聲，只求心安理得，他得到內在真實的快樂。

要談「真理越辯越明」實為沉重，不如說，化解歧見，需有人轉個念，給個臺階，讓彼此都能優雅地走下臺去，感受人情的可愛可親。人際往來，多用祝福取代埋怨，多用包容取代爭論，就能回歸最初相逢的起點，體會無風無雨也無晴的心境。

有一年，我被失意纏繞，內心荒涼糾結，幾度舉步維艱。學生們以愛與寬容接納了我，讓我可以換個生命姿態，發現迥然不同的人生風景。猶記那個「紅梅不屈服，樹樹立風雪」的冷冽時節，孩子用溫暖的橘燈祝福我，在光影的薰照下，撫慰了悽惶不安的靈魂。當時過於疾馳的步調，讓自己陷入徬徨與恐懼的情緒低落，忘不了的是，學生手捧橘燈，閃耀熠熠光芒的臉龐，帶來溫燦的愛，猶如滿天的星星燦亮我幽微的人生境界，讓我能靜待陰霾散去後，重新邁開腳步，讓內心跟隨穩健的步伐前進。

有時候，快樂不是件容易的事，需要安靜的沉澱與醞釀。有時候，快樂又是如此簡單，一如庾澄慶唱的：「你快樂嗎？我很快樂。第一步就是向後退一步。」當你願意相信，退步原來是向前，幸運之神也會向你漸漸靠近。

當我覺得生活黯然無光，就會打開書本，與古人神遊。此刻，陶潛淡泊名利的身影，以自愛自守的姿態向我悠然走來。他放棄狹隘的功名仕途，回歸廣闊山林的懷抱，享受時節遞嬗的多情浪漫。即便面對「草盛豆苗稀」的景況，也因內心的豐盈，忘卻了物質的匱乏，找到自給自足的快樂。

「采菊東籬下，悠然見南山」的耕讀生活，讓無須再為五斗米折腰的陶淵明，不只成為田園詩人之祖，也走出更寬廣的人生之路。同時，隱逸的生命選擇，撫慰萬千落魄騷客的漂浪之心。

此刻，遠方燈火輝煌，熠熠閃亮，都市聲響依舊鼎沸，在皎潔的月光下，看見葉子漂蕩在水池邊的光影，彷彿告訴我：「生命不該隨波擺渡，該是揚帆而航的時刻了！」或許，未來難免還是會出現跌撞踉蹌的時刻，但願我們能以堅定的步履，勇敢跨越人性的黑暗、世間的苦痛。我告訴自己，別讓內心偏離詩情的浪漫，讓生命情韻流淌在幸福的波光粼粼之中，輕吟有情有愛的快樂詩篇。

愛過，是怦然心動的證明

二十世紀的英國女作家維吉尼亞．吳爾芙說：「改變歷史的女性若是想要寫作，一定要有錢和自己的房間。」這意味著女性要有經濟權的獨立性，當妳從擁有實體空間開始，才能擁有心靈的空間、思考的空間、創作的空間。

吳爾芙敲開了對抗維多利亞時代以來，英國的保守社會壓抑女性的警鐘，躍身成為勇氣與膽識過人的女性主義者。

環顧過去傳統社會的女性，不論古今，若是想要行使離婚權，可能不只需要勇氣，還需要法律和主流言論的支持。

但是面對地表最強負心漢，古代的女性也曾以勇敢面對改寫男尊女卑的命運，為自己贏回人生勝局。管道昇是中國歷史上傑出的女性畫家，她的才氣過人、個性聰穎出眾，但她的卓越能力並沒有替她帶來桃花，反而讓她成為「熟齡勝女」。直到遇到被元世祖大讚為「神仙中人」的趙孟頫。命中注定相遇的兩人，不只一見鍾情，還是天雷勾動地火的等級，閃婚後，他們度過二十年甜甜蜜蜜的婚姻生活。鑽研詩、書、畫的兩人，相攜遊藝，情話怎麼說也說不厭。直到某一天，風流倜儻的趙孟頫丟出核爆等級的震撼彈——納妾，這個消息讓管道昇不只震驚不已，也碎心一地。

原本相愛的枕邊人突然變成陌生人，該如何自處？瞬間褪色的夫妻情愛，讓管道昇心痛難受，更重要的是，她還想不想要這段已有裂痕的關係？管道昇想起初識時一眼傾心，還有情投意合的歲月，即便要酸楚地以淚研墨，她仍想給對方一個回頭的機會，因此將以情書寫的字箋，心怯地送至趙孟頫書房的案頭，也是後世稱為「愛之神錘」的〈我儂詞〉：

你儂我儂，忒煞情多。
情多處，熱似火。
把一塊泥，捻一個你，塑一個我。
將咱兩個，一齊打破，用水調和。
再捻一個你，再塑一個我。我泥中有你，你泥中有我。
與你生同一個衾，死同一個槨。

趙孟頫讀完至情至性的〈我儂詞〉，憶起兩人的前塵往事，開始反省自己的無情，妻子的用心。趙孟頫幡然醒悟，慚然地說道：「有妻若此，夫復何求」，遂打消了納妾的念頭。

破鏡能重圓，管道昇用的不是激烈的復仇手段，而是用神馳的文字喚醒愛的呢喃，復刻彼此相愛的事實，還有曾經許下永不仳離的誓詞。

古代的生活環境與我們不同，面對視男尊貴、視女卑賤的社會偏見，「女子無才便是德」的傳統價值，讓女性長期處於不對等的關係。因此，面對「我愛的人卻傷我最深」的處境，大多只能選擇溫情攻勢，抑或是全然包容。

面對背叛，管道昇善用寫信迂迴蜿蜒勸戒的智慧，不直接對抗，展現不同於常人的成熟做法，提供我們另一種繞條遠路來解決問題的思維。

在愛情的世界裡有酸也有甜，有柴米油鹽醬醋茶的塵俗日常，也有風花雪月的浪漫日常。經營一段穩固的感情是我們必須用一輩子學習的功課，管道昇的做法看似鄉愿，但當兩人仍有情分時，給對方一個言歸於好的機會。

「問世間情為何物，直教人生死相許？」一生一世一雙人，是多少人夢寐以求而追尋的愛情典型，但在愛情的路上，誰沒有顛仆跌倒過？誰沒有踉蹌狼狽過？纏綿愛情猛然襲來時是滿城花開的燦爛，愛情幡然離開時，滿城風雨愁煞人。

面臨背叛，必然會經歷一蹶不振的暗黑期，甚至因被遺棄而興起報復的激烈情緒。此刻，我們要先釐清一件事：心碎痛苦並非是你獨自該承受的，更不是自己不值得被愛的結果。可能是兩人對感情經營的模式不同，抑或是這段關係因迷茫而失衡了；也或許是你運氣不好，遇到「天然渣」。

說到底，愛情是兩情相悅，而非一廂情願，無論愛與不愛，每個人都要找到自我的價值，而非依附愛情而生。一如佛洛姆說的：「愛是給予，是人身上的主動力量。在給予的過程中，人體會到強壯、富饒與能力。這種豐盈高漲讓人生氣勃勃，滿心快樂。」

當妳發現另一半對愛不忠，甚至始亂終棄時，妳會感到痛心，進而失落，但首先要找回對人際關係的安全感。就算這個人不懂得珍惜你，其他人依然能夠給予愛與關懷。卸下內心的武裝，相信世界上仍有值得愛的人。

我明白被虧負與背叛是極度傷害自尊心的事，你會忍不住開始懷疑自己，甚至挑剔自己。其實分開的原因不一定如你所想像的，有時只是遇到頻道不對的人，斷捨離也許是最好的選擇。

這個時候，你需要的是增強心靈的能量，好好照顧自己的身體。不妨和朋友出去走走，與大自然多接觸，甚至培養一些興趣，用閱讀、運動、冥想來重整自己的新生活。選擇放下，不是為了別人，而是為了更好的自己。唯有放下過去的糾結，才能邁向漸漸復原的旅程。

因愛而受傷的你，一定會從自我成長、家人陪伴、時間沉澱的協助下，慢慢痊癒起來的，就讓時間帶走愛的傷痛，刺心的、揪心的、痛心的，終會走遠。傻氣的人給心，所以富足；聰明的人猜心，所以困乏。或許，愛曾讓你流淚痛苦，但在歷經風雨洗禮後，你的愛將會變得更飽滿強大。讓你面對下一次新關係時，不再難以抉擇、無所適從，請勇敢地面對下次的「怦然心動吧」！

穿越喜歡與討厭的邊境

為了即將在寒假於馬來西亞舉辦的偏鄉閱讀服務課程提前做準備，一大早，孩子就傳來「早安」的信息，講述關於團練的事：「老師，我們必須盡早努力，才能看起來毫不費力，讓我們齊心完成各種挑戰吧！」

陰雨冷冽的溫度，迷離縹緲的天氣，讓人有些怠惰起來。但是，即便想要繼續賴在被窩裡，還是被這群小夥伴們的熱情喚醒了。若想成為孩子的榜樣，必然要身體力行，讓他們知道：做你所說的，說你所做的。

走在前往學校的途中，讓我想起生命漸已走遠的朋輩，他們的背影曾經如此溫燙熟悉，如今卻成了斑駁的往事。無法圓滿的，破碎的，都是記憶深深淺淺的曾經，如何讓它在歲月的淘洗下再次斑斕起來？

年輕的時候，心智不成熟，面對猛然乍現的負能量事物，常會叨叨抱怨，甚至偷偷咒罵那些腹黑者壞心腸。無法勉強自己接受，也無法斷然結束和消極情緒量為伍的關係，慢慢地，富饒的愛也漸被消耗了。甚至，情緒常被吸入難過自責的無底黑洞。這是多麼可怕的事，它會讓你萬念俱灰，甚至渾身癱軟。

直到有一天，我決定坦然接受莫須有罪名纏繞於心的痛苦與挫折感。那些所謂「不幸」帶來的禮物，例如，被討厭、無常逆襲，甚至被誤解。這份禮物讓我允許自己脆弱感傷，但要為自己找出解方，不陷在「情緒化」的牢籠，真實面對低谷的人生，一如讀到李白「大道如青天，我獨不得出」的牢騷時，不覺莞爾也寬心了。或許正面迎擊，經過時間的醞釀，這些走過的歲月都會變成上天贈予我們的聖美祝福。

有次心情 down 到谷底，收音機傳來童年聽過的一首旋律輕快的歌，經一搜尋，才知道是首雋永的電影主題曲。隨著拉丁風情的樂曲擺動，音符彷彿若有光，引領著內心擺脫陰霾，找回自由輕鬆的感受。因為喜歡這首歌熱鬧的曲風，我還找到同名電影來好好欣賞，發覺樂天派的巴西人面對日常生活，悲傷也笑著、快樂也笑著，人生不需要過得那麼作繭自縛，可以接受「低潮」，卻無須沉溺過久。

世界有歌舞相伴，就有情愛相隨，快樂是如此簡單。一個珍愛自己的人，也會學習跳脫自溺的情緒，找到另一條通往幸福的捷徑，以及更自適的生活方式。一段關係從無到有，不會是單方面的付出，當你調整看待事情的角度，或許會發現懷才不遇與貴人相助，不過一線之隔。當貴人站在你面前，你真能慧眼認出他嗎？

學會悅納自己，用溫婉的心當作人際關係的解方，讓我更能夠同理別人的感受，不要把朋友變成敵人，把敵人變成殺手，彼此針鋒相對，只會相互耗損。

人與人之間的對立和困擾，都可以透過溝通和討論來解決。如果，我曾傷害過你，真心希望被你原諒！如果，你曾經傷害過我，我要告訴你——一切都雲淡風輕了，你也要保重自己。無論誰誤解了我，誰抹黑了我，誰打擊了我，悵然離場的踉蹌，我無力改變現實，但學會更謙卑地受教，就像易經提及：「謙謙君子，卑以自牧。」更有自信地活著。有人欣賞，必然有人漠視。當你轉個念頭，就能跳脫被喜歡與被討厭的框架。若是專注於做事，就不用把心思放在誰喜歡我、誰不喜歡我的焦灼之上。

村上春樹說：「無論別人怎麼看，我絕不打亂自己的節奏。喜歡的事自然可以堅持，不喜歡怎麼也長久不了。」先過好自己的生活，不要迷失了自己的方向。讓心念轉個彎，就像吸引力法則。記憶騰空而起，那些真心陪伴、守護你的朋友；那些決絕轉身、驟然離開的人，我們都該給予真誠的擁抱與祝福。因為相信了愛，所以生活變得不一樣了。

或許，上天有時候會給你一顆糖，有時候會賞你一巴掌。只要以正向的心檢視自己，保持優雅的姿態，就能不貪求，不怨懟，不傷人，不自傷。在挫折中，我開始懂得生、住、異、滅，是所有情感必經的輪迴，不必糾結於愛或是恨的當下。蹲低自己的身子，是為了墊高視野，你可以學習看事情時遠一點，並用實力來證明：我值得活得晴空萬里。掙脫喜歡與討厭的桎梏，就能尋到歲月靜好，彼此安好的最終歸所。

輯二

人間行旅

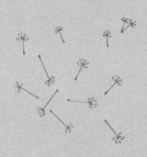

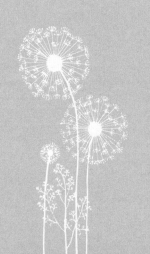

放慢步履，感受旅行的溫度

某年聖誕節在新聞中看到萬金聖母堂的靜美和純樸，就一直很希冀能親自探訪此地。初冬時節，來到國境之南的屏東，陽光燦爛，所到之處都是悠閒。

這座小教堂座落在蔥蘢青山旁，有藍天朗雲相伴，靜悠地走在教堂之內，從莊嚴肅穆的望彌撒儀式中，體會到人受上天愛戴，也要以愛傳愛，守護奉獻之心。無論宗教信仰如何，大多數遊客被聖堂的氛圍感動，把身上所有零錢丟入奉獻箱，這或許是臺灣獨有「樂分享」的人情味吧。

身為觀光客，我不免俗地穿梭在人聲喧譁的萬巒市集，走進座無虛席的小吃店，眼前竄進吆喝人客入座的黝黑臉龐，少了市儈的生意手腕，而是企盼的眼神逡巡著落單的旅客。很久沒吃到如此Q彈的豬腳肉料理，它沒有油膩的口感，類似兒時阿嬤親自煨煮的冰糖豬腳。嘴裡咀嚼著熟悉的柔嫩口感，那是遙想阿嬤親手料理的身影，重溫鐫刻於心的懷舊滋味呀！

因八八風災而新建的原住民部落社區——吾拉魯滋，林蔭大道上人車屈指可數，頗有「山氣日夕佳，飛鳥相與還」的陶醉心情。優閒地漫步在綠色蔭道上，微風徐徐吹拂臉龐，陽光不時從枝葉縫隙細細灑落，眼前之景甚是美麗！

從萬巒到恆春，沿途清風吹落冬葉，頂立天地的枝幹顯得寂寥，一眼望去荒涼一片，但是停車細看，傲然的林群獨具風姿，幾處黃綠點綴、透出生氣勃勃的氣象。冬季蘊藏韜光養晦、休養生息的天地奧義，唯有靜觀才能窺見冬季的蓬勃活力。沉醉在風景如畫的天色，轉個彎，竟能與蔚藍的海洋相遇，令人想起余光中筆下詩情畫意瀰漫甘蔗甜味的枋寮。飄蕩在空氣中的海味，鹹苦中有清新，一股沁涼的氣息襲來，感到通體舒暢！

同行友伴晃晃蕩蕩地來到夯劇《斯卡羅》的拍攝現場，瑯嶠古城隱隱傳唱〈思想起〉的古調，老街的濃厚人情，毫無時差地帶著我們走入落山風、淳厚民風交錯的歷史長廊裡。不同族群幾經遷徙，最終聚集於斯，先民胼手胝足打拚的故事，即便物換星移，你仍諦聽到英勇抗日、謳歌民族氣節的回音。

「斯卡羅」本來是排灣族人居住地，後來東海岸知本卑南族人也南遷至此，包含豬勝束、射麻里、龍鑾、貓仔四個番社。一八六七年三月，美商船隻羅妹號（Rover）遭遇風暴在瑯嶠（古恆春）地區觸礁，十三名船員上岸後，被排灣族視為領土入侵者，全數遭到殺害，並且進行「撿船」，原住民搜刮了商船上的有價物品，兌換成現金。此舉在美國人眼裡看來是偷襲、搶劫的野蠻行為，因而對臺發動戰爭，史稱「羅妹號事件」。

「羅妹號事件」把大清帝國、美國、臺灣都牽扯而入，這個歷史事件引發小說家陳耀昌醫師的創作動機，寫出《傀儡花》這部原著小說。書的命名十分獨特，有的說法是當時斯卡羅人自由穿梭山林之間，移動跳躍的動作猶如傀儡戲人偶的靈活，漢族以「傀儡番」稱之。有的說法是原住民對漢族招呼語「Kaliyang」，音譯為「嘉禮番」。陳耀昌醫師融合兩種說法，以及女主角蝶妹的意象連結，讓書名有歷史與文學同框的意涵。

一部熱門小說和戲劇作品的轟動，讓生活在臺灣的你我，重新開啟對這片土地與真實歷史的關注和想像。

十九世紀原住民簽訂的第一個外交條約是斯卡羅族部落的大股頭卓杞篤（Cuqicuq Garuljigulj），在大清帝國無力也無能處理的國際事件中，他們共同簽訂「南岬之盟」，落實保護漂流至該地歐美人民安全的承諾。若從當時社頂遺址發現的大量舶來品，足以推論：瑯嶠原住民是一群具有全球視野、國際理解，超級會做生意的「談判高手」。

在劇中扮演大股頭卓杞篤的查馬克．法拉屋樂溫情地說：「希望透過這部影片達到生命影響生命」的效果，如果能把卓杞篤期待的「共榮、共存、分享、分擔、分憂」精神，透過戲劇傳達給更多人理解多元文化之淳厚，無論是對排灣族人、原住民、臺灣人而言，都十分有意義。蒼煙落日依舊，歲月烙下滄海桑田的跡痕，念念不忘，永存於心的記憶，隱隱昇騰。

電影場景與歷史古城交融的畫面，仿若輪迴千年的契闊之交，互訴衷情！揮別繁華的小城，我被天空鑲嵌橘紅色的雲彩所撼動，晃入眼底的是關山夕照指路的路牌，顯然耀眼奪目。

從高聳山稜俯瞰紅紫坑海岸線，橘光粼粼，泛著霞光搖晃，珊瑚礁隱約可現，剎那的豔美卻也藏有幾分「念天地之悠悠，獨愴然而悌下」的蒼涼和悲悽心情，以及「寄蜉蝣於天地，渺滄海之一粟」的一縷孤獨。轉瞬間，夕陽沉落海面，天地驀然闃暗起來。

細數星星的夜晚，我入住在市聲鼎沸、笑語喧騰的墾丁大街，尋覓到一處海風颯颯、沙灘浪潮的靜謐酒吧，面對一人獨享的月光，此刻，或許應該來杯調酒，和詩仙李白來場「人生得意須盡歡，莫使金樽空對月」的瀟灑對飲！緩緩地以溫柔的足踏與文字封存漫遊的時光，停駐的人生驛站彷彿綻放一朵微笑的祝福之花來。

出走的意義

倘若假日沒有工作行程的羈絆，能夠慵懶地躺在被窩裡是種幸福。有時，進行一場沒有目標的旅行則是生活中的探險。作家藍白拖說：「旅人有遊牧民族的血液，是牧羊人，也是羊。」喜愛旅行的我，偶爾像牧羊人悠悠地帶領著心中羊群移動，抑或是也像一隻羊，緩緩地跟著他人前進。人生的驛站，似乎都有停留的理由與機緣，讓思念淡淡的長出來。

有人問我旅行的意義是什麼？對我來說，旅行有時是一個自我追尋的過程。私房景點的尋覓，展現旅行者對當地風土人情的觀察與品味。《莊子．

知北遊》說：「天地有大美而不言，四時有明法而不議，萬物有成理而不說。」我很享受旅行中的漫遊，帶給心靈充電的滿足感，然後緩緩地用足踏與文字，體驗土地與人情與生命連結的美好。

某次和朋友們去墾丁南灣旅行時，看見一家外表精巧雅緻的店鋪，是可以嗅聞到海洋氣味的早餐店。我很喜歡牆上的MENU，那是老闆刻意用手寫的POP，傳遞了一種心曠神怡的異國情調。

那天，我破天荒地貪點了法蘭克熱狗蛋捲、厚片奶酥、鮪魚蛋餅、伯爵奶茶，色香味俱全的料理，挑動了我的味蕾，在飽食之餘，也對店家巧思布置與用心經營留下了深刻印象。——以客為尊，讓每個人都感知店家捧心的料理魂。

因為豐富早餐挹注飽滿的元氣，行走的步履不自覺輕盈起來，迅速找到「船帆石」的巍然身影。這塊巨大的珊瑚礁岩挺立在廣袤海洋上，彷彿單桅帆船蓄勢待發，準備揚帆出海，氣勢極為壯觀。同行的小孩子完全不管大人正忘情地在相機前搔首弄姿，準備上傳社群平臺。他們一溜煙地往大海懷抱狂奔而去，如彩蝶逐浪，沒幾秒，有人已經全身濕漉漉，髮梢也沾滿了砂礫。

天真無邪的孩子，繼續開心地玩起追逐浪花的遊戲，沒想到突如其來的大浪，襲打而來，趔趔趄趄的逗趣情景，惹得友伴發出朗朗笑聲，隨著潮起潮落的嘩啦聲響，嬉戲的身影也忽遠忽近。

不久，一行人又往旅者喜愛的「風吹砂」繼續探險。「風吹砂」是東北季風將海砂由海洋往陸地方向吹拂而形成的地形。遊客面向著太平洋，迎著強勁的海風，大都頂著一頭亂髮，同時也拂了一身塵灰。旋時轉換清朗的心情，享受孔子「登泰山而小天下」的暢快怡然，果真萬般由心任逍遙。

前往滿州鄉的途中，邂逅一間設計感與舒適兼具的民宿。在燦豔陽光下，它的吸睛屋頂襯著藍天、綠草，顯眼的雪白外牆，映照出粉紅光影的浪漫情調。店面前有幾把造型奇特的椅子，劈面而來的悠閒氣息，惹人依戀難離。旅客可以無所事事地吹著海風，或是讀幾卷泰戈爾的詩作，都是極為愜意的體驗。

當地最重要的景點之一是「港口吊橋」，這吊橋被譽為最長的人行吊橋，別名是茶山吊橋。橋身冗長，在陽光下，猶如披上神祕面紗的嬌羞新娘。吊橋四周風景遼闊又幽靜，整個港口溪美麗的景觀，盡入眼裡。徜徉漫步於斯，才知道視覺與心靈交會的饗宴是這般神異的感受。

揮別港口吊橋，正是日正當中的時刻，我們進入了「九棚沙漠」的景點，遙望遠方的漂流木和乾枯的木麻黃，交錯橫躺於沙地上。在熱情的太陽曝曬下，沙地更顯得廣袤，人煙杳杳。大漠沙地在鹹鹹味道的海風吹拂下，讓人時而置身海邊、時而遨遊大漠之中，心情穿越時空藩籬，隨著景觀幾度轉換，無入而不自得呀！

九棚沙漠竟然有飆車的套裝行程！遊客可以坐在改裝過的吉普車上，隨著車速奔馳於地形險惡的沙丘、沙壁，體驗好漢坡、一八〇度急速轉彎、波浪跑道的關卡，彷彿乘坐雲霄飛車般刺激可怕。

狂風砂礫迎面而來，臉龐和胸膛微微刺痛，猛然窺見遠處海天一色的湛藍，風光嬌媚，讓我忘卻忽隱忽現的痛楚。在行旅之中，被巧奪天工的地景療癒，傷悲與悵然也隱遁不見，想像自己是個被自然所擁抱、被天地所接納的浪遊者，忽能體會山水詩人謝靈運寫下「鳥鳴識夜棲，木落知風發。異音同至聽，殊響俱清越」的心境，即便處於顛沛流離的魏晉亂世，若有靈犀之眼捕捉曇花一現的生活趣味，就能遨遊在啁啾鳥鳴，徜徉在山中靜謐之間，靜靜觀賞花木搖曳，萬物千變萬化的風采。透過有情的筆墨，我將胸臆湧起的感動記錄於紙上，內心也飛向自由之地，啜飲天地純美的甘醇。

有時，我只想親近大自然，感受天地之幽靜空靈，就率性地背起背包簡單出走。也許在車程幾小時之遙的山中小鎮，隨意吃些山產小點心、盡情喝些風味甜釀，享受「斜風細雨不須歸」的愉悅。從忙亂的生活離開，走入「山中無甲子，寒盡不知年」的生活，其實就是「坐看雲起時」的瀟灑曠達呀！

或許，對喜愛旅行的探索者，無須問其旅行的意義是什麼，當你隨心出走，竟被自然四時的景物感動了，被偶遇的旅客理解了，甚至，在走走停停之間，過目難忘的旖麗風光與你相依，引領你重新認識母土與傳說，也解開難懂的人生答案了。

紅樓裡的生命暖笑

曾有過俗務纏身，壓力過大，讓身心處於不晴朗的失衡狀態。終於盼到一個閒蕩無事的週日，給自己與歲月對話的機會，為填滿的行事曆，留點可思索的空白扉頁。人不是金頂電池，需要反勞為逸，停下緊湊的腳步，適時燕燕居息，讓時光輕輕度過。

在身心凌亂無序的時候，總會憶起大學知己如光引路，陪伴自己漫步在師大紅樓長廊，黛綠年華恣意做著白日夢，清朗的青春足踏，不僅有陶然響起的歡笑聲，讓我得以回歸人性的純美與澄淨。盡情汲取停駐的書寫繆思，安頓飄移的心，領受無入不自得、海闊天空任我遨遊的澈悟。

傾聽歲月之湖流過的清音，生命的暖笑是無以名說的燦爛時刻。和三五好友談天說地的時光，走進彼此心門的對話，恰似升起的七彩泡泡，承載著彼此的私藏心事。有些話只能與親密的朋友說：遇到無常襲來，感到萬念俱灰，不知該何去何從時，閨密總要我別在意世俗的看法與眼光，過於惴惴不安，最後只會使自己陷入悽悽惶惶、患得患失而已，對於真正的解惑卻難以成事。同時，以暮鼓晨鐘的喊話要我不必勉強自己去感謝那些在生命中深深傷害過我們的人，但要學著自我療癒，內心才能越來越堅韌。這些猶如醍醐灌頂的話語，為有惑的生命留下善意的粼粼波紋。

她們也鼓勵我選擇人跡罕至的路，走在那條未曾踏足的仄徑，反而能聽見坎坎的生命鼓聲。所以，我們流連在故宮博物館、國家戲劇廳、音樂廳、美術館之間，意氣風發的少女時代，我們曾對著群山萬壑高喊著：「我們雖不是第一，卻是這世界不可取代的唯一！」她們陪我尋詩索光、伴我在一本又一本的小說世界，拼出「我是誰」的輪廓。那種被讀懂的快樂，更是驅散憂鬱的良藥。若沒有友誼滌淨了性靈，即便置身山水之間，也無法隨性自在、優游閒適吧！若說：「生命的解藥是詩，低潮的解藥是閱讀。」友伴陪我走過喜怒哀樂的紅樓四季，為我綻開的情誼燦笑，更是不穩現世的真正救贖。

母親常說：「人情債難還，想到就要立刻償還一些。」朋友喜歡讓我先欠著，改天再還。如今卻越欠越多，在我羞赧難安之時，她們反而開懷地說：「唯有富有的人，才有機會手心向下去助人。」原來，內心迸發飽滿的愛，是不會去計較誰付出的多、誰做的少，亦無須斟酌人際的繁文縟節，情意到了，感覺對了，就是全然地義氣相挺。這就是她們常說的：磁吸效應，也是吸引力法則。倘若你認為身邊都是貴人相助，自然也會是別人的生命貴人。掙脫美言羅網的智慧，是看清世事的覺知。我們都在學習不爭的哲學，不爭的人，或許因為沒有匱乏，所以贏面「最大」！

此外，她們也常提醒我：「你以為別人尊重你，是因為你優秀。其實，別人尊重你，是因為別人真的很優秀。」當一個人站得越高，擁有更多資源之際，如何讓身邊的人感受溫柔敦厚的寬容？亦師亦友的紅樓友伴，仿若修行人生的提燈者，替我點亮溫暖的光芒，引領我前行。

在這個陌生的城市，你我都是短暫過客，摯友卻慷慨許我無數真摯的笑靨，從年少快意走來，燦爛的紅樓歲月，讓孤獨的靈魂，找到靈犀的方向，依恃彼此溫暖的生命共鳴，足以豪情地追著青春湛藍的光影，暈染一方不知愁的浪漫情韻，醞釀同窗友誼的芳醇情味。

是你們教會我以愛與善意栽種生活，在漸溫的世界靜靜等待感動的季節來臨。此刻，春天的跫音悄悄扣響，想起你燦笑地說：「若能自帶光芒，我們走到哪裡都是數一數二的巨星。」

耳際響起的琅琅笑聲是你──「沒有離開過」的真情迴音。

失敗者的璀璨

在失意微鏽的夜晚，你會不自覺地想起誰？

人生的選擇，常常不是輸贏。而是即便知道自己會輸，輸得一文不值，也想要好好守護著不想放手的人生信念。那是想為自己生命負責的傲然，看起來很傻，卻傻得如此動人，就像住在我心底的寫史英雄——「司馬遷」。

翻開《史記．項羽本紀》的頁扉，你會嗟嘆人間的傷害太多，壯闊的夢想遇到千百種失敗的理由，有誰能成為司馬遷筆下的情深與溫柔呢？

那夜，我伏案書寫，寫著寫著，彷彿讀懂太史公的舉重若輕，他洞悉不給自己留退路的西楚霸王，即便是慘烈敗戰了，卻在編寫的史冊裡，擁有專寵的獨有位置。他欣賞項羽的霸氣，以一擋百、破釜沉舟的勇氣，寫下鉅鹿之戰以寡擊眾的奇蹟。即便垓下之役戰敗了，司馬遷研墨將這位悲劇英雄的悵然與遺憾，寫成大時代裡不能被忘卻的悲劇英雄。他呵護人生飄蕩零落的項羽，許一代梟雄獨攬失敗者的璀璨，殘缺的夢在其筆下圓滿了。

讀到悲喜交會處，我提起筆，和著淚水，寫下寧受宮刑也要直言仗義的「太史公」，一生的傳奇在我心中也活成了社會實錄的正義記者，他的筆下顛覆「勝者為王、敗者為寇」的傳統，將歷史說的充滿機鋒，寫的充滿人情。

若項羽是為成就一個盛世而來，那麼司馬遷就是為了寫下《史記》這部曠世巨作而生。在孤絕背棄的孑然時刻，文學的力量常讓我願意相信：款款回身，溫柔地回看這個世界，你會尋到大澈大悟的豁達——失敗者的璀璨，原來只有失敗者能懂。文字撫慰自己在現實生活受挫的靈魂，我將項羽、太史公義無反顧的人生使命，停格在閱讀書時光裡，他們的逆流而上讓我領會：若真要說「為誰而來？」這樣的誓言，我願是為了孩子的一抹笑靨而來。

關於失敗，我的經驗豐富。年輕時，曾代表縣市參與作文比賽，與角逐者坎坎擊鼓，摩拳擦掌為戴上一頂桂冠而競爭。過往的寫作時光，靈感像脫韁之馬，讓我想寫即寫，行文頗自在。當時懵懂的我是因緣際會，擠身到寫作賽場，為賞識的文學伯樂盡情馳騁著。

那日，即將趕赴比賽場地。沿途，因多日練習而升起幾許倦懶、煩躁的心緒，筆墨行旅，已不似過往輕鬆。望著車窗外白雲的萬千變幻，讓我的思緒不禁飄蕩到兒時古厝生活的時光，四周常有狗吠聲、人情問候聲，隱隱約約還會傳來孩童嬉鬧的笑語。歲月的痕跡鐫刻在老家典雅的樑柱上；在新舊時光交會之間，我像個漂浪的旅人，拾掇著記憶中珍視的、愉悅的畫面，頓時，心底瀰漫一股靜謐閒適的清明。

感謝緣分的安排，最終沒有圓我一個青春寫手的夢，反而引領我來到閱讀百花齊放的美地。失敗的經驗，讓我得以掙脫為比賽而寫的束縛。我不該忘記，心心念念的書寫是為生活篩下七情六慾的雜質，捕捉記憶或深或淺的美好影像與感動！我不再為成功的桂冠而寫，只為我深愛過的人們而寫；我不為名次的排行而爭，只為失意之後，再次燃起的熱情而創作。若繆思尚未枯竭，每個因文字相遇的靈魂，交會在真實純粹的共感，成為下卷詩文的美麗句讀。

如果當年，如願地戴上了勝利的桂冠，或許就無法感受到不為主流，不為掌聲，堅持用寫作為失敗者護守璀璨時光的癡心。最終，是項羽，是司馬遷，讓我找回磅礴豐沛的書寫之泉，也傳承他們挺著身子苦熬著，同時，在現實與理想之間，透過書寫收藏恐懼，釋放快樂；收束狂狷，綻放關懷；收回懊悔，心存感恩；收拾悲傷、放心翱翔……同時，也找尋到閱讀和寫作是天不荒地不老的生命答案，它是奔放的、浪漫的青春印痕，它是隻身瀏覽春夏秋冬的生命悸動。

失敗的經驗是生命重新出發的重要轉彎，讓我爾後有機會可以恣意探問，享受書寫的魅力，以及尋找到「讀聖賢書，所學何事？」的使命感，忠忠實實地回歸樸實無華的寫作力量。

驀然回首，失敗者傳遞的暖意與恩澤，就在燈火闌珊處，燁燁閃爍。

母愛的溫柔絮語

那天，我拿出手機撥通電話給母親：「媽，今天晚上，你要記得上我的粉專喔！有個海外讀書會直播，聽說有五百人報名了，等一下我還要去練習講稿……」

母親似乎聽出話筒這端，刻意隱藏的膽怯與不安。

「媽媽很佩服妳勇氣十足地做著喜歡的事，全力以赴地去趕赴成長之路。我很感謝你總是示範舍我其誰的價值觀念，讓我可以學習突破過去的框架。當你決定自己的人生要怎麼過，即便冒著可能會受傷的風險，也該不斷嘗試。」

曾一度懷疑過自己，也曾討厭過自己，當人生的無情風雨襲來，遭遇被否定的悲傷，再堅強的靈魂也會搖搖欲墜。與母親這段坦誠以待的對話，讓我想起李白說的：「清水出芙蓉，天然去雕飾」，越自然地表現，越能顯示講者質樸的真心。面對晚上的直播，就停止追求完美、忠於閱讀的本質，如此轉念彷彿吃下了一劑定心丸，對接下來的冒險之旅就擁有無比的信心。

有時候，我會懷念兒時的天真爛漫，圈著媽媽盡情地耍賴、恣意地撒嬌，只想得到一顆讚賞的糖果，一如此刻媽媽對我的溫柔絮語，就能讓我氣力百倍，充滿幹勁。

有次大掃除時，隨意打開抽屜，望見一本泛黃的日記本，上面端正地寫著「宋怡慧」三個字，這是母親迎接我來到這世界的第一份禮物：我的名字。

小時候，同學會戲謔地叫我：宋仔，宋仔……（爽耶！爽耶！）有次母親來接我放學時，在校門口聽見讓我困窘的稱謂。她把起鬨的同學和我叫到一旁，認真地對同學說：「名字是父母親送給你們的見面禮，裡面有祝福有期待，還有更深的意義是傳承。至於，阿姨為什麼要取『怡慧』這個名字，是因為她很幸運姓宋（送），所以不只希望她能一生快樂有智慧，也可以送給身邊的人快樂及智慧，所以，請你們要對同學的名字恭敬相對，不能再心生促狹，甚至揶揄同學。」

同時，母親也對我說：「你的名字是我從字典裡萬中選二，還有搭配筆畫和生肖，足足花了一個禮拜絞盡腦汁圈選出來的唯二。」如此美麗動人的初衷，如此情深意重的生命禮物，如此慎重審慎的心意，是母親以愛為名，以初始的美麗名字與我的人生緊緊相繫著。

當時年幼蒙昧，不懂母親為什麼要把同學的玩笑話當作一回事，直到自己站上講臺、當了老師，每次接下新的班級，拿起點名簿，一一唸著學生的名字時，總算心領神會，母親當年命名的初心，原來每個名字的背後都代表家人豐盈的愛與祝福。

張曉風在〈念你們的名字〉寫道：「每一個名字，不論雅俗，都自有它的哲學和愛心。如果我們能用細膩的領悟力去叫別人的名字，我們便能學會更多的互敬和互愛，這世界也可以因此而更美好。」每個名字蘊含最初相見的祝福，同時也連結自己與他人的關係，一如癡心的母親，替我找到這個在我心中獨一無二的名字，讓我在這個世間有個真正存在的身分。

對我來說，母親是個擅在荒漠生活中植出一株愛的玫瑰的生活藝術家。看似安靜寡言的母親，總是認分守己地做事，尤其每次遇到職務的升遷，她為了多些時間照顧與陪伴我們，總是選擇放棄「更上一層樓」的機會。

或許是不想讓我們心生愧疚，她總是說自己甘於平凡的人生，家庭永遠是第一選項。若是擔任主管職務，就要花更多精力讓各個細節面面俱到，日日加班將成為家常便飯。同時，身為主管免不了要交際應酬，這不是她想要的生活。即便她向升遷說「不」，母親依然賣力工作，奉公守法，無愧於心。

她教養我和弟弟的方式看似「佛系」，卻方圓並濟。溫柔的許諾，所有的現實風雨都先由她一肩扛起。在懵懂無知的童稚時期，母親用故事豐富我對世界的想像；在孤傲無恃的青春時期，母親用文學燦亮我對生命的熱情。即便我並非才思敏捷的人，母親卻讓我學習各種才藝，從中找到自己的性向與興趣。

在負笈北上念書的年輕歲月，母親要我有空就走訪書店、圖書館，閱讀時光仿若思鄉的一處淨土，讓我獨自一人時，內心也能溫暖堅強起來……

大學時期，我喜歡寫信給母親，那段魚雁往返、無所不談的時光，讓我習慣將人生滋味以筆墨溫婉地傳遞，許多眷戀與繾綣的心事，因手溫記錄而保存下來。母親是我閱讀與寫作的啟蒙者，她總是用心地傾聽我的想法，以愛與關懷，穩穩接住疲倦悲傷的我。在我失意時，她要我挺住風雨；在我得意時，她要我謙卑自省。我總是能在母親的身上，默默習得恬靜的智慧，學習她總是感恩順境，感謝逆境，懂得和知足做朋友的人生智慧。

若我能身處陽光燦爛的畛域，是母親特別用情為我尋來的。

緩慢與幽靜是生活應有的空白，活得慢一點，就能自在一點，猶如她在空地種得蔬果花草，願意等待花期，願意付出，才有機會與豐收相遇……

遇到人生的關卡時，母親會用自己走過的道路，與我一起回望當時的選擇。如果沒有遭遇過憂傷的谷底，如何學會堅強自立？如果不是曾被傷害與背叛，如何選擇放下、包容和沉澱？因而遇見善良美好的自己。

人生中的寂寞，常因母親而變得有了甜味；走在迷霧時，也因為母親的提燈，漸漸看見前行的方向，找到人生堅定的目標。面對別人的追捧，她告訴我：不要被華言迷惑，或是嘗到甜頭而衝昏了頭，反要抓準方向用心經營。面對他人的低估，我們只需要潛心學習，深入鑽研，自然能學有所成。

花綻終有時，花落亦無聲。歲月悠悠，那些走進生命中的朋輩，都成為我和母親的恩人。對於那些逐漸遠離的舊知，我則以多情反饋，在心中遙寄對他們的感謝。

從小到大，看著樂觀的母親把微苦泛酸的日子，過成甜蜜有致的生活。

她與我不僅是母女，更像是姊妹，也是此生最親密的朋友。她的溫柔絮語帶來歲月靜好，現世安穩的祝福，此生，我也會繼續牽著她的手，和她一起閱覽彼此生命裡的每個春夏秋冬！

和生命春露相逢

週末，帶著疲累的心情和疲憊的身軀返鄉，猶如病懨無力的囚困之獸。母親從我抿唇無語、恍惚迷茫的臉龐上，看出了端倪，她溫柔地拍拍我的肩膀，要我學會放下、學著認輸。她也輕聲提醒我，執著彷彿兩面刃，能讓人披荊斬棘，克服萬難，也會使人失去柔軟的彈性，善良的心性。母親的話語，讓枯竭的靈魂仿若久旱逢甘露。接著，她叮嚀我要放輕鬆，難得回家，就不要一心只想著工作的事。

「附近的山櫻開花了，要不要去外面走走逛逛？」

母親熱烈的邀請，當然是恭敬不如從命。我們相約黃昏在田間小路散步，走著走著，突然之間，她提及那陣子我常去東部參加研習演講，想到太魯閣號失事的消息，感觸特別深。她對我說：「每個人都該盡力把自己的工作做好，把自己的事做好，就不會帶給別人麻煩、困擾，甚至發生意想不到的傷害……」

母親一生都是如此身體力行著。看到家門前有垃圾、石塊，她怕天黑後有人絆倒，拿起掃把認真清理。我們一起出外用餐時，她總會提醒我們，侍者手裡正端著熱湯，舉措要小心一點，留意彼此的安全。去公園運動時，她看見路上的枯枝，會默默地撿起放在兩旁，也許這只是舉手之勞，卻能讓身邊的人避免傷害。

母親一直用身教潛移默化我，包括建立生活的儀式感。例如，立春來了，元宵到了，驚蟄來了，家裡的擺設也會隨之改變……晨起，要先灑掃再進食，除了早午、晚餐，再來個早茶、下午茶。此外，她也注重視覺享受，對於餐盤顏色精挑細選，料理的色香味俱全是她的堅持。

她時刻掛念他人的處境，體貼地把每一個人放在心中。我和母親個性迥異，不拘小節，害怕各種儀式，討厭活在既定框架裡，更不希望過著每天只有準備一日三餐的生活，所以從小我就害怕鍋碗瓢盆，蒸煮炒炸。但是，母親謹守生活風格和秩序，讓我可以活成自己的獨特模樣。我們像是對方的鏡子，從彼此眼中窺見自己的不足，也欣羨對方的美好，並且互相期勉，往更好的地方前行。

每次週末回到家，和母親相處，心情也變得閒適平靜。我跟著她規律生活，起床後先整理床鋪，洗漱，冥想，從空氣中瀰漫的梵音清香，體會她的簡單日常、無欲則剛。

母親知道我無咖啡不歡，總會貼心準備中西合併的早餐。接著，她開始忙進忙出地準備午餐，讓平時遠庖廚的我只能遠觀心疼地想著：「如果不回來，母親會不會清閒一些呢？」每當我要她坐下來別忙了，她總是默然無語，看來我的快語，惹母親心裡不快了。

「媽，我只是怕你太累了……沒別的意思啦！」聽了我的解釋，母親終能理解我的心情：誰不愛有人替你張羅一切，把你捧在手心？但，母親年歲漸增，身手不再如以往敏捷，我怎忍心看她為我整日操勞而無動於衷？

疫情大起之後，母親不願外出用餐，她喜歡在家為我下廚，我也就認真地把盤中的佳餚吃光光。為了所愛的家人，我可以改變，而且是心甘情願、甘之如飴的做出改變。

偶爾，我們也會到幾處廟宇參拜，靜看裊裊之煙翳入天聽，四周虔誠的臉龐和祝禱聲音，浮生凡眾的喜悲哀樂，構成了一幅民間信仰的浮世繪。

返鄉的假期，與母親隨興逛逛市集，走踏廟宇，說著體己話的時光，慢活舒心，也重新學習調整步伐與生活態度。蘇軾有云：「惟江上之清風，與山間之明月，耳得之而為聲，目遇之而成色。」與自然相遇、天籟相合的快樂，內心閒適的日子，是多麼舒心暢快。

返鄉的日子，時刻籠罩在愛的慈光裡，母親總先讓我把瑣事拋心，再讓我知道，不經一事，不長一智；困境是種修鍊，放下就是豁達。人生中沒有一帆風順的坦途，有的是起伏跌宕的坡道。有時候，跌得鼻青臉腫，才知道步履踏穩的重要；有時候，摔得渾身是傷，才知道行路之艱難。母親的話語如春露潤澤乾涸的心田，靜處恰好安身，逢知音能暢談，此刻，耳邊仍迴盪著母親為我溫柔唸著達賴喇嘛寫的祈禱文：願我生生世世，從現在到永遠，都是無所依靠者的保護人，迷路人的嚮導，汪洋渡海人的船舶，過河人的橋，歷險者的庇護殿堂，黑暗中人的明燈，流浪者的收容所，以及所有求助者隨侍在側的僕人。

時光會老，心不會老

我喜歡每天下班後，獨走一段路回家。在這短短的路徑中，隨走隨停，自在地呼吸吐納，觀照自己的本心，順便調整身體運轉的韻律。

白天大街喧騰嘈雜的氛圍，隨著黑暮低垂而漸漸消遁。尋常街弄，我不知已走過多少回，每每都能因發現周遭轉變而帶來驚喜。像是煙雨濛濛的木棧上，出現幾處青青苔蘚，行走顯得微滑有險；換上嶄新招牌的店鋪，閃爍的霓虹顯得格外炫彩奪目；轉角斑駁牆面的紅磚老屋，有人開始進出整修，庭院深深深幾許的畫面漫溢而出。

四時萬物陪伴我靜謐走一段路，隱去闃暗幽微降臨的恐懼，也淡化白日沉積的苦澀。我體悟到，性靈若能像朗潔月光，常保空靈澄淨，人生旅程的足踏，也會留下輕快愉悅的痕跡。

初始的原點，已無法回歸，一如回不去純美的青春。生離死別、愛恨嗔癡是無法逃離的人生功課，將相遇的一顰一笑繫在離別的衣襟，用美麗的印記面對關關難過的取捨「戲節」，你有你的無能為力，我也有我的委屈難言。但，當你學會平靜優雅地擦乾凝鍊歲月喜悲的眼淚，即使面對世界末日，也會帶著微笑前進。

阿嬤說過：「人生好似做菜，只要是時令食材，不用調味，味道自成新鮮清甜。」善意的念頭，利人利己，垂手可得。凝視過往的流光，善意靠近過的地方，雖是記憶的模糊地帶，卻讓愛過哭過的日子，鐫刻善意的屐痕，是你，是他，也是她給予的生命之光！

回顧過往，年輕氣盛時以驕然領受之姿，神采飛揚之態，無往不利，自恃甚高。當時的我奮不顧身、用盡氣力，只是想證明：無情的浪潮無法狂捲頑強抵抗困頓的自己。直至踉蹌步伐，終能徐緩慢行，領悟「莫聽穿林打葉聲，何妨吟嘯且徐行」的心情。

上天用祂的智慧告訴我：「即使是平凡如我，若能盡其在我，必能完美無憾演出生活的精采。」睜開了眼、打開了耳、放開了心，體會到幸福不外求，善意藏諸於心，將取之不盡，用之不竭。

近來生了一場小病，面對病痛的折磨，更體會到健康的重要。病癒後，帶著蓄積的能量向前。或許，未來仍會困難依然，挫折依舊，息心少欲自能尋回生活的平靜。

風平浪靜才能盡覽湛藍汪洋，莫論他人是非對錯，心靈才能自由地不受羈絆。當你專注於生活，不受外在拘束，往往就能找到自己的人生價值。「取是一種本事，捨是一種智慧。」自在是一種平靜，也是一份幸福，境由心轉，不要讓外在環境影響我們的心，就能走出迷茫的雲霧。

有時候，過度努力的向前衝刺，忽略內在的平和靜定，被痛苦鞭笞的心靈就會煩亂痛苦而蒼老。若以《莊子》為路引，無論世界有多黑暗，需要心裡的光，讓生命進入神凝心齋的練習，那麼時光會老，心卻能永保年輕。每個人都是世間的過客遊子，漂流成了宿命。凝視過往的流光，許多悲歡離合的際遇，如電影情節般在心中百轉千迴的重演，隨遇而安才能淡然品茗話人生。

面對早已走遠的人事，能夠豁達面對；千帆過盡擦肩而過的機會，能在輕語笑談中釋然。

走過無聲歲月的悲喜

跨年倒數的前幾分鐘，遠處隱隱傳來五月天耳熟能詳的新年歌曲。我望著窗外絢麗的花火，想起這一年出現在時間長廊的身影，每位都是我想深深祝福的人們，他們的名字也深情款款地鐫刻在我的心版裡。

小時候，我曾跟隨一位鋼琴名師學習，也因此在小學五年級時被選入學校的樂隊，負責彈奏手風琴。有次大型演出是在元旦，我背著沉重的手風琴，與樂隊浩浩蕩蕩地走在小鎮的大街上，跟隨著老師熟練的指揮手勢，一邊步行一邊展演。許多住家紛紛從屋內走出屋外，站在最前排的我，一時之間被夾道鼓掌、喧騰的人潮聲震懾住了，害羞地低頭彈奏著，幾次還因為內心慌亂，腳步錯亂，差點害身邊的同學踉蹌跌倒。

當時有點狼狽的失控情況，連指導老師都注意到了！當大家暫時停下來休息時，老師特別找了我談話：「怡慧，新年新氣象，你要抬頭挺胸好好彈奏，讓大家看見我們樂隊磅礴的氣勢，用音樂鼓舞大家士氣。激勵大家從慎始到堅持，真的沒那麼難，同時也激發大家的愛國精神，所以，身為團員的你不能縮頭縮尾的，懂嗎？」

我邊聽邊落淚，十分自責。回程，努力克制住害怕的情緒，挺直腰桿地把樂曲彈奏完成。老師看到我的瞬間轉變，欣喜地給了我一包跳跳糖，獎勵我跨出了那勇敢的一步！

後來，我的樂器彈奏得越來越流暢，那包糖卻因太過珍惜，置放許久未拆封，竟然放到過期，不得不把它給丟棄了。

這段年少溫暖的插曲，讓我相信師生間的情分真摯，進而推衍至與其他人的相處。我相信只要往善意的層面回應，就不用花時間去爭論是非曲直，也能理解〈四塊玉〉：「賢的是他，愚的是我，爭什麼呢？」那是關漢卿對儒人布衣歸田躬耕的自我寬慰，也是與世無爭的透澈領略。而胡適處事智慧更高明，他願意真心挨罵，甚至還感謝責罵自己的人。更不可思議的是，他還同理對方立場，擔心別人罵得不中肯，罵得太過火，有損自己的人格，替他們罵人的行為感到不安。老子更是以水喻指生命之智，用「上善若水，水善利萬物而不爭」來啟發世人利益眾生的哲思。

在青澀懵懂的年歲，我們都曾對生命產生過疑惑，觸動靈犀的作家們，他們邀我漫步在文字的柔波裡，陪我們尋找生命的答案，結一段無聲的靜好因緣，那是多麼可喜的年歲。

這些年，我學會在花開初綻時，領會萬物會凋謝驟變是生命的無常，「落紅不是無情物，化作春泥更護花」的自然常態確讓我明白：每一個真心相待的人，都值得我牽腸掛肚，用使命必達來回報。

謝謝上天給我勇氣面對各種挑戰，不管面對每一場大大小小的演講，我都想挑燈夜戰、全力以赴地準備。我會真心為其所託，廢寢忘餐地執行，我也會用心書寫尋常：今日可能是一篇雋永真摯的散文，明日或譜為一首浪漫悠揚的詩歌，甚至未來會是一部情節有趣的奇幻小說。

有篇報導提到，冰島的閱讀量是世界第一，**bókapjóð** 的意思是「一個為書癡狂的民族」，甚至有人說冰島人是 **Að ganga með bók í maganum**，意思是每個人的肚子裡，都裝著一本書。令人驚訝的是，冰島人之中平均每十人就有一人已出書或即將出書。讀寫是全民運動，走在雷克亞維克街上，你可能會不經意地邂逅一位網紅作家；在咖啡店裡，坐在你對面發呆等待靈感的，也可能是創作中的詩人。

「作家的生命本身就是一種厚度，一頁一頁，一年一年。」如果人生是一本書，我在翻頁的閱讀歷程中，一年又一年地找到孜孜不倦前行的力量。同時，也留下屬於我和所愛之人的有情扉頁。

「冰島不只有冰與火，還有詩與遠方」，處於艱困的時代，生活有挫折，人有躓顛，也有心之所嚮的微光。這兩年，全世界都籠罩在疫情的陰影裡，疫情造成人我隔離，卻也帶來安頓生活而自成的一派靜謐，更能仔細諦聽自然萬物的跫音，這算是另類的收穫嗎？或許，眼前發生的壞事，等到有一天重新回顧時，也可能是命運的轉機。這些驚怖的日子，讓我把蔣勳《歲月，莫不靜好》作為我睡前的案頭書，讓我每次翻讀皆能重新領略：「天地無私，處處皆是祝福」的蘊涵。期許自己在新的一年，走在歲月無聲的長廊裡，能留下時光沉澱、凝鍊的真智。人生路長，悲喜無驚，不再受困於他人的期待，而是瀟灑走出自己的路，活成自己真實的模樣。

越過世代的山丘

春暖花開的午後，畢了業的孩子們來到我的住所，我們閒聊著最近的生活瑣事，也談論自己喜愛的詩文。

「不負如來不負卿」是不是己對自己的情愛歸途沒有執念？「抽刀斷水水更流，舉杯銷愁愁更愁」是不是因無力寬解的人生之惑，轉而投身另一個醉裡的夢境？我們談古論今，知曉萬物各安其所，你也有自己的處所，因而篤定心安。潤物細無聲，歲月給予豐潤的滋養，讓我們得以立足在自己的世界，天寬地闊，無所懼怕。

也許師生一場，有人認為只是萍水相逢，相逢一瞬，我卻萬分珍惜每個來到自己生命的人。以文字為緣分的絲繩，串起每個偶然與巧合的片刻，舞起一曲以閱（悅）為名的清調。相遇的瞬間，當喧囂隱去，安靜相挺的默契是生命情分流轉的美好。

我和學生們向來沒有長幼有序的界線，而是亦師亦友的關係。這些學生和我生長在不同的世代，關於青春讀寫，我們有過邂逅交集的生活火花，也有行旅回眸的純情浪漫。生活之中，總有一本書，一位作家，輕然叩響這個世界愛的跫音，與彼此和鳴。書是我們最好的朋友，讓我們懂得同理他人的苦痛與喜樂。

我曾推薦企管系的學生賽門．西奈克的《無限賽局》，他們閱讀了一段時間後，漸漸突破過往的思維框架。原來，成功的終極目標不再是輸贏，而是向你嫉妒的人學習，當你們成為並駕齊驅的夥伴，你就有機會讓自己成長躍遷。

當我們發現自己能力不足，抑或是有不夠圓熟之處，那些強者展現的知識和智慧，為何能彌補這些缺憾？真正的成功，不是打敗強者，而是讓自己有機會在這場人生賽局中不斷為夢想奮鬥，甚至找到解決問題的關鍵力量。

過去，我們從動漫影視中學會崇拜英雄，喜歡魅力四射的萬人迷，新世代卻標榜「縮小自己、放大他人」的團隊默契，創造志同道合的共好。哈佛管理學院曾談到：團隊合作要營造「心理安全感」。如何讓團隊成員相互信任，可以和大家交心、談心、放心？在安全正向的對話環境，把承諾的事做到好，當個團隊的助攻手，把夥伴放前頭，自己放在後頭。那麼，就不用擔心為真理爭論不休而傷和氣。常言道：「一花獨放不是春，百花齊放春滿園。」一個人獨好不是真正的成功，一群人共好才是利人利己。「團結合作」說起來容易，真正實踐起來，領導人需要成熟的思維、廣闊的胸襟，才能夠攜手合作，榮辱與共。

記得有個品牌廣告是這樣寫的——「除了創意外，還是該堅持品質，追求完美，幾近苛求。」想要打造有良好長遠聲譽的品牌，每個環節都該有所堅持，同時，也要自我淬鍊、要求自己，才能歷久不衰地走下去！

青春是可以盡情奔跑、盡力嘗試一切的年紀，活在不同世代的你我，以文字為名，找到跨世代，有愛無礙的神奇密碼。

過去，文字曾經救贖了我，讓我有熱情重新定錨人生方向。未來，我會持續緊握著孩子們的雙手，在他們閃爍信任的眼神中，勇往直前、使命必達。有孩子們安靜溫柔的陪伴，書寫彼此的心情記事，何嘗不是世代跨越的生命恩典？

不覺迷途為花開

這兩天學校適逢月考，孩子各個愁容滿面。監考時，看著窗外秋日正好，孩子卻正在承受著考試的身心煎熬，我似乎也被四周肅穆的氛圍籠罩，薰染淡淡的愁緒。

教室裡，幾個望卷興嘆的孩子，隨意填答就夢周公去了。我輕輕地搖醒他們，看著孩子迷離的眼睛，空氣中的苦澀氣息，讓人有些不捨，心頭也緊縮起來。

下課時，我正收拾考卷要離開教室，一個身影晃進眼裡：「老師，可以給我一點信心，讓我為理想再撐下去嗎？一直繞在讀書、考試迴圈的我，真的好痛苦喔……」她是兩年前在新生圖書館導覽時認識的陽光女孩，她曾直率地表達過對高中生活的期待與縝密計畫，談吐大方，令人印象深刻，此刻的她看似無光的眼神卻震懾了我。

孩子呀！我也曾困頓於升學的壓力，世界漫溢暗黑的氤氳，行路窒礙、步履蹣跚。或許，青春的史冊都要帶上一筆分數魔咒的酸澀，必須跨越被評比的坎坷，浮沉在挫折的波瀾，擔心會被吞噬而奮力游個不停。我們游呀游的，猛然窺見雨過天青的穹蒼，正掛著七彩的虹！鼓舞著我們游向夢想之岸。

在人生的戰場中，每個人最大的敵人，常常是自己。除非你自己拒絕前進，否則沒有人能阻止我們向前，不是嗎？如果，我們把每個人生的困境都看成是機會，面對突如其來的巨大壓力，自能學習調整、做出改變。

從小到大，經歷過大大小小的考試征戰，大學時代的我，依然無法掙脫考試的夢魘。每每在重要考科的前夕極為痛苦，印好的考古題和密密麻麻的筆記，總是裝不進我愚黯的頭腦，室友看見我臉上的倦意和失意，悄然把代表挑燈夜讀的燈籠滷味放在書案旁，表達她的關心。那碟溫熱的小菜，讓我得以苦撐整夜埋首古籍的寂寥淒冷。

我常想：讀書到底為了什麼？考高分又為了證明什麼？幸好，當時走過迷路的徬徨、岔路的抉擇，反讓自己因迷途而飽覽許多意想不到的風景。

因此，我也想讓孩子們明白：分數不只是分數，成績排名不只是輸贏，回歸學習的本心，若能找到成長與自我實現的快樂，將是生命所歸的最好安排。

收拾好試卷，走出教室前，我忍不住轉身對學生說：「考完試，你們要追隨內在的聲音，一起來尋找最快樂的事嗎？」

孩子，走進奇奧的大自然吧！來段和山溫柔的對話，縱身去野一個海洋。如果不能改變環境，就轉變我們的心態，找一件會讓自己開心的事去實踐。當你習慣正向思考，就能獲得更多的能量，內外充盈飽飫。世界的想像無限寬闊，學習的心情也可以自由奔放。

話還沒說完，其他孩子已聚攏討論起出遊的事了。

或許，夢想是那麼豐腴美好，現實生活卻是那麼殘酷骨感。但是，我們要感謝上天願意為幽暗的生命帶來微光，在決絕的時候，有自信能擁抱美善的天地萬物。

知識的力量從來不是用在比較優劣，而是改變世界。看似陰暗的轉角處，也許是遇見一片陽光燦爛的契機，何苦讓自己停留在怨懟、憤怒的暗黑世界。離開安穩的舒適圈，生命看似在迂迴繞遠路，錯失遇見尋常的美好。但，再回首，無論體會痛苦也好，抑或領受快樂也罷，迷途邂逅花開，恰能讓你我看見生命旅道的旖旎風景。

安靜陪你走一段

作家簡媜老師說：「富人和貧家最大的差異在於，當黑暗降臨，富家之子手上有燈，而窮人家的孩子只剩老師。」師者的存在，就是幫助我們在夜裡提一盞燈，陪我們走過一段人間路。

最近，幾位高三學生請我協助特殊選才推薦函，和他們聊了幾次，確認推薦文字的細節。「如果你願意為自己的未來努力，我當然願意推薦，只因你豪氣地放手一搏。」我常叮嚀學生天助自助，當你努力為自己爭取機會，拿出全力以赴的態度時，別人也會樂意向你伸出援手。

早上開完會議後，趕緊拿出學生的資料幫忙修改，當我抬起頭時，時鐘竟然不知不覺地指至中午時分。

每到準備大學甄試這個時節，我總會在心裡升起感激的祈願：孩子，謝謝你深情地陪伴我賞玩教學沿途的美徑，閒看湛藍白雲飄蕩的浪漫。春暖秋涼，旖旎彩霞讓我們有感出走；晨曦初透、晚風微涼，隱去世聲鼎沸與喧譁，讓我們靜看萬物的興味。

又要到了放手讓你們展翅飛翔的時刻，請用蒼鷹王者的羽翼，搏擊長空，飛向湛藍廣袤的知識穹蒼，盡情翱翔。即便如此真摯地在心中祈願金榜題名，拉回現實，孩子面對未知的未來時，仍然忐忑不安：「老師，我的推薦函寫好了嗎？」

孩子看到我在推薦函標了幾處螢光色塊，露出困惑的表情。

我心疼地說：「先去吃飯吧！等一下吃飽回來，我再確認剩下一兩處的細節。」

有時候，遇到獨特的孩子，總讓我不禁憶起過去的陳年往事。

那日天光漸明，晨露沾溼了我們的眉睫和髮梢，只為汲取朱曦燦爛的溫暖，我們站在操場的角隅體會何謂「陽春召我以煙景、大塊假我以文章」的生命情韻。年輕的孩子們如此恣意地在校園裡品啜流光漫漫的滋味，單純的他們，浪漫採擷歲月甜粹的美麗。回眸一看，邂逅他們眼底青春洋溢的歡暢，是真；擦肩而過時窺見他們身上睥視昂藏的自信，是美；我們並肩同行，握著他手心盈滿熱情的溫暖，是善。

下次和孩子再見面時，我撫拍他的肩膀說：「自傳和甄選動機，怎麼沒有提到轉組的事？」

孩子很有禮貌地回答：「我一直在探索自己的未來，高二才毅然決然從數理實驗班轉組到語文實驗班。高一時我在數理學科一直找不到自己的興趣和夢想，後來，或許是受輔導老師的影響，我對於輔導諮商的學系很有興趣。」

「這段故事很感人，為什麼沒放自傳？」我忍不住追問。

「我擔心會給人意志不堅定的錯覺……」孩子膽怯地回答。

「你願意自己作主，為自己負責，甚至願意蜿蜒路途去嘗試各種可能的出路，即便要比其他人更辛苦，也想知道未來自己想做什麼？能做什麼？這不是一般人能做到的抉擇。你願意花時間思索未來，甚至進行調整與改變，這是很成熟的做法。」

聽我說完後，孩子沒再多說什麼，卻被我瞧見他的眼眶有些泛紅。

「你的推薦函，我打算晚上再重新寫過，這是你的努力應得到的尊重。」學生聽完，語帶哽咽地說了聲：謝謝。

偶爾我會想起《Black Dog》的高荷娜老師，「隱藏光芒的石頭，總是會被人發現其實你是玉。」陪伴孩子成長，真的只想要告訴孩子：尋找人生的答案是一生的執著。我也是和高荷娜一樣，在成為老師之後才明白：老師也可能會失誤和犯錯。要對仰望你前進的孩子真誠地說：「對不起，我錯了」，是多麼無力又刺心的自白，卻也是向孩子致敬的真心。

我回不了青春年少。但是，孩子，請珍惜韶光，抖擻精神，在知識的畫布上，氣勢萬鈞地勾勒年輕的輪廓，溫柔敦厚地彩繪酸甜苦辣摻雜的顏料，揮灑一幀風景迤邐的潑墨山水。

一份推薦函，是一個生命故事，我看到的是：學生內在真實的渴望，即便繞遠道而行，也想認真走好每一步。每一步都是自己的人生，怎麼走都值得用心規劃。即便走錯了方向，重新上路就好，怕什麼！

偶爾的生命迷途，讓人體會到「月出驚山鳥，時鳴春澗中」的閒情逸致。

有一年，在畢業紀念冊的祝福扉頁上，我提筆寫下這段話：「孩子，你是我生命史冊氣勢磅礡的行草。孩子，你是我教學系譜彩光熠熠的句讀，期待你——用心書寫飽蘸知識芳醉的扉頁；期待你——盡情傳唱純釀智慧曲韻的禮讚。請以擲地有聲的步履，攀越崎嶇躓顛的仄徑，登上善美氤氳的山巔。請以無畏無懼的船艀，划過波濤洶湧的汪洋，抵達「志學、據德、依仁、游藝」的彼岸。

一份推薦函，讓我驚覺唯有跌落谷底，才有機會學著攀爬而出的能力。過去，有恩師攜手同行的日子，讓我明白：沒有一位老師能允諾孩子一段天荒地老、海枯石爛的師生情誼，但師者願意陪孩子走一段求知若渴的學習道路，在時序遞嬗中尋覓天地驚喜、相知相隨的溫柔，卻是彼此最幸福的時光。

當你累倦的時候，我願陪你品啜甘醇的咖啡，傾聽與自然靈犀互動的跫音，認識真情至性的自己，找回人生澄澈的悟覺。

一段契闊談讌的相知相惜，是我們一起漫步在晨昏相省的知識長廊中，吟詠而出的師生情韻。

孩子，請記住這一刻人間明媚的春光，在未來踽踽獨行時，別傲骨嶙峋而恃才傲物。請收藏此時人情醇厚的燦美，在爾後面臨懸崖之險時，別莽撞直行要勒馬歸返。請懷想我幻身為甇甇微光，盡力為你守護一抹純良餘暉的執著，即使在雲厚霧濃的小徑行走，也要昂首向光明處闊步而去。

親情的行板

小時候，由於父母工作忙碌，我經常帶著弟弟和鄰居的孩子們盡情奔馳在田疇阡陌，穿梭於花間草叢，追逐燦陽光影，擠入熱鬧市集玩樂。當時，「大姊頭來了」是鄰居給我的暱稱。媽媽怕我野了性情，竟想出用書來拴住我的玩性，這個奇招對我很管用。書裡描繪的繽紛世界，啟動我的好奇心和求知慾，只要給我一本書，就能讓我安靜不出門，給我一本書真的很對我的脾性。

母親攢了錢就會替我們買書，讓我和弟弟優游書海，相看兩不厭，汲取前人智慧，在文字殿堂裡感知世界的奇奧。最有趣的印象是，我們姊弟會互相安排任務給對方，讀完書總會有「忙」不完的功課可做，例如：弟弟會把家裡布置成《愛麗絲夢遊仙境》的冒險之境，在媽媽回家之前，如何盡速恢復成現實家居，成了我們每天激盪創意的快樂來源。

或許，那段孩提時期，帶著想像的濾鏡，天天上演童話實境秀的歡愉感，讓我對於探索未知世界產生無限暇想。文字激發我對四時遞嬗、世界風情的想像。原來，我腳下土地的溫度是踏實的，手攬群書的體會是善解的，兩者相互體現，慢慢地找到足以安身立命的寄託。

一開始背誦《唐詩三百首》時，我最愛的不是李白、杜甫、王維、王之渙，而是超級冷門的李商隱。我對他名字中的「隱」字特別有感，除了筆畫多難寫之外，「隱」字也充滿謎意的禪味。尤其，李商隱「相見時難別亦難，東風無力百花殘」和杜甫的「安得廣廈千萬間，大庇天下寒士俱歡顏」，兩者傳遞的生命情懷天差地遠，詩聖想的是天下蒼生，李商隱想的是自身情愛。初逢舉家遷徙而籠罩在離別苦悶的自己，遇見生命中自以為是的離別愁緒。我從字面上讀到的，不是對愛情初探的澈悟，而是朋輩難聚的人生無常悲喜。

> 昨夜星辰昨夜風，畫樓西畔桂堂東。
> 身無彩鳳雙飛翼，心有靈犀一點通。

詩句的真味雖然懵懂難解，卻因為真心喜愛而完整背誦下來了。「靈犀」是個陌生又充滿熟悉感的詞彙，讓我透過筆尖的書寫，彷彿能夠理解所謂命定的相遇是什麼。或許，我的身體住著一個老靈魂，那些費解的詞彙喚醒了我對於古事古物的眷戀。李清照彷若是善於輕唱浪漫的抒情歌手，我在「只恐雙溪舴艋舟，載不動許多愁」的文字裡，走走停停，探探問問，春景再美也不堪孤冷侵擾，而她是怎麼跨越那愁、那悲而無怨尤呢？從李商隱到李清照，純然美好的文字在我的腦海裡縈繞不散，輕巧地打開了我與作家對話的心門。

母親認為「四藝」——琴棋書畫是奠基風雅氣質的根基，即使生活再苦也要替我買一臺鋼琴，母親虔心的祈願無意間被爺爺聽到了。爺爺在離世前，用自己私存的零花，補足買琴的缺額。當要價不斐的鋼琴送至家中，爺爺的愛，如影隨形地伴隨悠揚琴聲奏響，那是為家人圓夢的認同無私，與對親情恆久的付出，讓我們能優游在琴韻繚繞的樂音裡，聞聲思人。母親常說「樂以教和」的思維，一個人若能與音樂、文字親近，自然能涵養文雅性情，待人處事也能在耳濡目染下更溫婉和諧。

喜歡蘇東坡的母親，最常掛在嘴邊的是「倍萬自愛」。她總是叮囑我們，要自愛自珍，不要任意傷害父母給予我們的身體。我記得，有次運動會舉行大隊接力賽跑，我不小心跌倒傷了膝蓋，她幫我敷藥時，邊叨唸邊心疼地說：「漂亮的膝蓋印上這個疤痕，不知多久才能消褪？美醜沒關係，但學會愛惜自己很重要。」

是呀！長大後我才發現先自愛，才能變得可愛；先自愛才能變得自信。要先愛上自己、賞識自己、肯定自己，成為自己此生最好的朋友。當你願意先觀照內心，溫柔地與自己說話，你就能讓別人相信：我們即便不擅言詞，仍用安靜的方式來愛自己和這個世界。

年輕時面對孤絕背棄的孑然時刻，總讀不懂「行到水窮處，坐看雲起時」的禪意。母親會為受傷的我泡一壺茶，為我耐心解說綠茶、紅茶、烏龍茶是不分高下的，它們喝起來是否溫潤清甜，在於事前的備茶、水溫、沖泡時間，還有使用的壺器……。沏茶者的心態與技巧才是發揮茶葉不同特性的關鍵。茶湯的色澤就像我們的人生，有時候，你即便依照所有步驟，還是無法預料品嘗的茶湯此番會多些苦澀，還是會添些甘醇？泡出一盅好茶，也需要懂茶的人與之唱和，就像一件事的成功，需要天時、地利、人和的配搭。

母親不變的愛，讓我相信：在這個世界款款回身，不再遺失自己的真心。即便失去一切，我仍會遇見那個為我提燈、最愛自己的母親。

行走在茫茫人海之中，經歷過孤獨飄零的時光，集結家人情愛的歲月，如親情的行板，蘊藏著甜美祝福的音符，讓我走踏的步音清麗儒雅。被家人呵護的浪漫，被家人撫慰的慈悲，即便面對拉捭摧藏的處境，仍能尋覓到無限柔情與彼此依靠、相互信任的親情歸屬，像東昇的陽光盈滿屋室，人生陰霾終將一掃而空。

尋光前行，有愛無憾

國中時期，課業壓力沉重，找不出多餘的時間來練琴，整日和三角函數、化學式、單字背誦為伍。後來，我只能暫時捨棄最愛的音樂。決然闔上琴蓋的當下，童稚歲月也跟著遠颺，閱讀反而成為索光的方向。

在有點苦澀又自暴自棄的青少年期，生命遭遇了一連串的挫敗，自卑的情結油然而生。被放逐的靈魂雖然安靜卻像是受過傷，不敢與世界正面對決，不敢對自己喜歡的事物勇敢說出「我喜歡」，總是因猶豫而失去，總是因徘徊而失落，被困在我不夠好、我不配的「冒牌者症候群」深淵裡。

慘綠年少不被理解的經驗，反而成為我日後擔任老師的隱形優勢。我的身上彷彿裝上了情緒雷達，總是能很快地掃描到被忽略、被討厭的族群，頓時同一頻率的開關打開了，我們可以沒有違和地對話。

孩子，你是不是在這間教室裡遺失了自己？想要和老師一起尋回「我是誰」嗎？神采奕奕站在臺上的我，對著臺下頹然失魂的學生。原來，我的身子蹲得還不夠低，我要找回十六歲的怡慧來和他們聊聊每個人的生命都要有個「佛洛姆」陪伴他們在日常實踐「愛的藝術」。

在現實生活中，我會生氣，我會脆弱，我會逃避，我會煩惱，我會悲傷，我會懷疑。但是，專注於和自己的內心對話讓我得以暫時轉換心情，離開情緒風暴，找回人性的善意，以及正向思考的力量，同時，我想找回愛的力量，一如佛洛姆說的：「沒有愛，人類連一天也不能存在。」的確，愛沒有標準答案，每個人都在實踐愛的路上，看見自己與愛同在的日常，印證佛洛姆所說的：「愛是人身上的主動力量。」愛是付出越多，內在的反饋更大。

當我們受限在別人給予的「我應該」標籤時，我應該是善解人意的、我應該是冷靜的、我應該……活在別人評價的我們，真的快樂嗎？無論別人對我們的評價是正面美善的，或以訛傳訛的，我們的耳朵是否被眾聲喧譁而遮蔽耳目？何時，你願意靜心看待自己真實的模樣，傾聽自己心底的清音？在無止盡的比較與標籤化之下，你可能慢慢失去對燦美事物的欣賞能力，也遺失不斷探問自己「我是誰」的自省。

善良可愛的我、忌妒煩惱的我、纖細敏感的我、懶惰貪心的我，這些都是我。為何各種形貌的我常在內心出現對峙的拉扯？過去要求完美、求好心切，是因為太在乎別人對自己的看法，害怕被別人貼上負面批評而受到傷害，自尊和信心常在別人的否定聲中瞬間崩塌。

我渴望獲得他人的認同，又憂心別人冷漠無情的回應。我對學生說：「長大之後，無論我們曾被定位成什麼模樣，被貼上什麼標籤，請用勇敢的姿態，破繭而出，長成自己喜歡的模樣。」無論生活是否順風順水，我們的每一步，都應該好好思索。現實帶來的寒冷，我們加倍送暖；現實崩壞的人情，我們加倍串連。別人從你身上拿走的，是可以割捨的名與利；別人無法從你生命奪取的，是你在這世界愛過、走過，全力付出過的真心誠意。

「可是，我們如何讓自己變得堅強勇敢？」受傷的孩子總是這樣問我。

堅強和勇敢是刻意練習而來的，即便我可以從閱讀中得到療癒，甚至把讀寫當成強效止痛的概念，但總有那麼「一瞬間」，還是會有「我不夠好」的念頭，不斷在心裡糾結，指責自己。

有時候，面對他人敏感易傷的心，反而讓我們懂得別人的心意，知道微笑的背後，他們正經歷著苦痛。所以，我們練習先從不在乎別人喜歡或討厭自己開始，以身作則，不再打探他人的私事八卦。一個人把時間投資在哪裡，成就可能就會發生在那裡，同樣地，對於給予我們照顧鼓勵的人，打從心裡感恩與感謝，期待有機會能做出真實的反饋。對於那些打擊批評我們的人，學著感激與放下。有則改之，無則加勉，人生就該花費在值得的事情上，多結交朋友，而非樹立敵人。這樣的生活方式符合《愛的藝術》提到的：「愛是一種行動，是人的力量的發揮。」

面對人生中的競逐，難免會起比較之心，若是轉為正面，世界充滿了愛，那些賢能於我們的，是先知、是先行者，讓他們引領我們向上提升，快步向前。把時間花在嫉妒別人的成就上，反而會看不到他們以人生路引的姿態，出現在身邊的善意。若是理念背道而馳，也無心彼此扶持，那麼就給予最大的祝福吧。畢竟曾經手牽著手、心連著心，那是何等的緣分與恩澤？實在不忍也不能互相傷害。

忘，是一種功夫與修行，嗔愛縛心，自是罣礙，無欲則剛。在人生旅程裡，學會獨處，尋光前行，帶走悲傷，留下希望，敞開愛的雙手，給予自己和別人最大的自由，就能保有做自己的快樂，也能支持對方勇敢追尋自己的夢想，也能感受人性的純粹，活出乘風破浪的人生。人間有愛，世間有情，記住每個對你有恩的名字，就能讓貴人為你提燈，生命遠離憂傷，用愛引光趨近善意的世間。

用心感受的生命樂章

剛擔任主管職時，雖不至於宵衣旰食，卻總是戰戰兢兢、無法鬆懈。或許是「生年不滿百，常懷千歲憂」，一夜雨，滴滴答答，鍵盤聲，敲敲打打，白日無法「清零」的工作，總讓我徹夜難眠。有時候，計畫裡一字一句都是書寫者的眼淚。有日，一位打掃辦公室的學生忍不住對我說：「老師，同學都說你是第一名的開關門小姐，你是不是辦公室裡位階最低的？」孩子細膩地觀察，是多麼溫柔的理解——一個人，為一個任務，跌進任務的泥淖而無法自拔，那只是一份對工作「使命必達」的癡心！或許每天早出晚歸，讓他們有了一些刻板印象。而孩子無心的戲謔之語，卻讓我有新的惕勵：留給自己的時間越來越少，緊張的情緒讓生活陷入無趣平淡的困境，人我關係變得乏善可陳……孩子們的另類關懷，也提醒了自己要重新盤整生活與作息的警告。

或許是心念轉了彎，讓夢想恰好能來領路。社團學生熱情地邀請我，加入他們與創世的「晨光之約」，並替他們做相關書籍的導讀。有了第一次愉快接觸的機緣，我開始接手創世基金會正舉辦參訪「認識植物人」的活動。

後來，我進一步發現年輕的孩子們對於植物人議題的探討，有著超乎想像的圓熟與善解。只是他們心中的諸多疑問，還是要等到參訪當日眼見為憑，才有完整且全面的答案。

那日，我們走在創世基金會的長廊上，耳邊不斷地迴盪著植物人苦痛的呻吟，震撼心扉的聲音讓彼此陷入漫長的沉默，以及該「從何做起？」的內在探問，不知所措的我們面面相覷起來。

此時，有個天使般可愛的孩子，用著樂觀熱情的口氣，輕聲地說著：「我好想有一對翅膀，一對可以載著沉睡精靈，遨翔在湛藍蒼穹的翅膀。那翅膀不是彩蝶兒，會在陽光下閃爍亮麗鮮豔斑紋的翅膀。它是一對能陪伴著沉睡精靈，默默地庇護、守候著他們的愛之羽翼。」

孩子純真溫和的話語，自信爽朗的神情，在我的心湖裡，漾起一個個感動的漣漪。

或許，生命的境遇，不是我們所能預料、掌控的；或許，無常的人生中，總會出現不少暗礁、亂流的考驗。但，當我們正面去思考生命真正的意義與不凡的價值之際，會悄然地發現愛、希望與關懷，正是帶著我們躍過生命幽微之谷的隱形翅膀。更是在爾後自己遭逢困蹇時，憶起的溫情時光。這和佛洛姆說的：「如果我真正愛一個人，我就會愛所有人，就會愛世界，就會愛生命。」愛是綿長又影響深遠的。

生命中最可怕的不是跌倒、受挫，而是輕言放棄。當你不再為自己的人生畫地自限，四周的風景也就跟著無限寬廣起來。每一步在懸崖邊的戰鬥，都在創造活著的傳說。

從參訪創世基金會活動中，是孩子們引領我看見奮進的生命情態，進而也讓我反思：是不是對自己太溫柔了，導致面對困難卻步不前、不願突破，也不敢冒險。年輕的世代願意為未知出走，為他人而發聲，而我又能在他們生命盪起何種思辨的漣漪？就像見城徹說過：「野心這兩個字很膚淺，我聽了就討厭。人生不過是與自己的戰鬥，人的實力是靠逞強的程度決定的。」他更有底氣地告訴讀者：對於工作持續保持狂熱的工作心法是「啟」、「誠」、「轉」、「合」！啟是先投入自己，才能遇見天職；誠是義氣，懂得道義、人情和報恩；轉是休閒，也是讓工作轉動的力量；合是化憂鬱為驚人能量，只要去做就能分出勝負。我也從中體會：當我們的位置越高，越要保持謙卑，工作更不能分高低等級，以身作則的領導，才能令人信服與敬重。

雖然，我也曾因為接任全新工作而影響生活節奏，抱持高標準的作法，產生了現實與理想的拉扯與動搖，但，人生是追求自我實現的過程，無關乎他人的評價，而是找回做事的初心。尤其，當你願意為堅持信念投注滿腔熱情，滲入心扉的喜悅，以及生活揚起的正能量，讓自己也為之陶醉。

我曾和剛考完學測的學生們說：無論你現在得到的是幾級分，只要持續保有學習的熱情和踏實的夢想。無論未來升學、進入職場，仍會熱愛學習，快樂生活，樂於與人分享。只要學會培養做事的恆毅力，生命自然就會教會你更多成熟與謙恭的理解，甚至用智慧之光映照人生之路，即便走在實踐全力以赴的路上，也不再輕易遺失傾聽真實跫音的本心。

人間最美的相遇

一直很喜歡搭乘區間火車的感覺。尤其，當列車穿越黑沉沉的山洞，看到灑在車窗上的第一道曙光時，那種美好的感覺，是與光相遇的粲然。

那日清晨，我在街頭漫步，隨意踱到了附近的小市集。或許，時間尚早，未見人潮。悠閒地挑選了幾條漂亮的桌布、幾碟盤皿、幾個湯碗，滿足地塞入帆布袋中，準備搭上車，打道回府。

車廂內只有零零落落的乘客，我隨意找了一個位子坐下。一位年近七旬的老婦人，坐在靠走道的座位上。她靜靜地望著窗外的景色，然後拿起一本素描簿，優雅地作畫，神情專注，引起了我的注意。不久，我看見她用左手吃力地拉開背包，拿出相機，朝向窗外拍攝了好幾幅照片。

我正狐疑她為何不用右手時，忽然之間，她轉過身來對我微笑。此刻，我才察覺她的右臂衣袖隨風飄揚，猛然敲向心頭的驚愕，頓時讓我欲言又止。

「小姐，你要搭火車去哪裡呢？我正要到竹東找朋友。」老婦人問。

「我……我，只是一個喜歡搭火車的都市漫遊者。」我不好意思地說著。

「那妳坐過來一起聊聊天。」老婦用期待的口吻說著。

「好。」我有點不知所措地回道。

她似乎看出我的不知所措，語帶幽默地說道：「孩子，我天生就是獨臂俠。不過，比別人幸運之處，還有一隻可以幫人、助人的手。雖然只有一隻手動作是緩慢了點，但對喜歡簡單過生活的我而言，仍綽綽有餘呢！你想看看我的畫作嗎？」

看到她手上幾幅謳歌自然的畫作勾起我的異鄉遊子懷鄉思緒。神似的家鄉情味，如今化身為畫家作品，洋溢純樸又浪漫的氣息。她的畫筆細膩地捕捉臺灣人情的樸實感，還有關懷鄉土的慢活感。

「您的畫作讓我看了好感動呢！它讓我想起了故鄉空氣裡的甘蔗味和稻花香，還有兒時和蝴蝶追逐的童真。」

「是嗎？聽你這樣說，我的心都開了一朵春花了哦！待會我要去竹東山區，教導原住民孩子學畫。我要先去竹東市區，幫他們買些畫筆和畫紙。」從她的描述中得知，那些原住民的孩子很有畫圖的天分，他們的畫作用色大膽，線條狂野，呈現出一種單純、自然的風格。不做作的創作，才能打動人心引發共感。而他們的喜悅哀樂、部族的原鄉生活，以及率直天真的表情，都能從畫作中一覽無遺呢！

聽完，早已被遺忘的時光，如今又歷歷在目。

當年提筆寫下人生初相見的悸動，如今歷經現實洗禮之後，那份與人相知的初心仍然安在嗎？願意開放心靈而流淌在彼此心扉的暖流，依然動人嗎？

「我現在的生活重心，就是每週兩天到竹東教畫，陪那些孩子談天，甚至當他們的保姆。如果有機會的話，你也可以一起來參與，為那些教育資源缺乏的孩子，盡一點心力。這是我的電話，有空就來竹東部落走走吧！」「天上浮雲似白衣，斯須改變如蒼狗」，世事變化莫測，老婦的話語，給了我醍醐灌頂後的清明，該做的事就須即行而起，莫等閒，白了少年頭。

生命是由一段段交疊而成的故事所書寫的。人生就像地圖，用心就能拼湊得圓滿完整。

歐陽修說：「人生自是有情痴，此恨不關風與月。」即使明白燦花有「盡」，人終有「別」，情關難過依舊是我們修行的罩門。蔡璧名從老莊與醫家的視角教我們學會用情，即便深情，卻不滯於情，有愛無傷的理想境界就成了生命相遇與相忘的學習。

造物者給予我們觀察世間萬物的共感，透過鏡花水月的連結，創造生活中一個個微小的幸福；而與豐美的人情偶然相遇，邂逅人間用情書寫的生命故事，看來思念會一點一滴地堆積出來。

冬花之戀

冬天，有種萬物靜觀皆自得況味。我喜歡它在一片蒼茫中蠢蠢欲動的生機，喜歡它朦朧中傲然又含蓄內斂的美麗。蕭瑟的時節，竟有花精靈仙子偷偷地傾訴溫柔的聲音。在褪去彩色舞衣的冬天，卻能掬取一抹花開的馨香，輕柔地暈染暖暖的氣息。

亨利．諾威曾云：「世界的美妙，可以從一朵花中得到體驗。」從種子萌芽時的悸動，到花朵凋零時的哀淒，似乎連五彩繽紛的花花世界，也逃不過大自然四時輪迴的宿命。

你曾和我一樣，驚豔於冬蘊藏的生命力嗎？感動著冬花所綻放屬於甦醒的芬芳嗎？

初識千日蓮是在彰化田尾。

我一個人從斗六的家晃到田尾，這段沒有起點更沒有終點的旅程，夾雜著淡淡的寂寞，和些許的寧謐心情。

大學室友喜歡這個充滿故事的地方，因為它有個美麗的名字叫公路花園。但真正引我駐足留連的卻是綠意盎然的小徑盡頭，那裡有一幢幢斑駁低矮的房舍，像極兒時的老家，有著濃濃的古意氣味呢！那股熟悉氣息迎面而來，頃刻間竟醺醉了理智，驅使我逕自地往小房子走去。

這是浪漫花坊嗎？滿屋參差相間的盆栽和時而清雅、時而馥香的花香味，我不禁想著，這是「舊時王謝堂前燕，飛入尋常百姓家」的田尾版嗎？環視屋內，陰暗的房間密布蜘蛛網，望向窗櫺之外，卻是蔚藍蔓延的景致，仿若天上人間兩個世界。

初冬的陽光，似乎把一顆顆渴望流浪的心都挑動了起來。走在田間小路，看著冬陽灑落了一畦畦農田的金縷，遠方有位正專心播種的老農夫，和正在悠閒休憩的白鷺鷥，形成鮮明的對比的畫面。天空不時有成群過境度冬的候鳥盤旋，這就是陶潛詩中的人間桃花源、柏拉圖眼中的理想國吧！

突兀的聲響，使我驚覺到自己隨意闖入的莽撞。我有點心虛地望去：一個佝僂的身影漸漸清晰，有位年近古稀老婦人向我靠近，靦腆又躁動的氛圍升騰。

她熱情的眼神消弭彼此的尷尬，然後用溫暖的手溫拉近了彼此的距離，瀰漫在空氣中的陌生感也逐漸被蒸融了。她開始親切地與我閒話家常，娓娓敘說著自己年輕時與另一半「執子之手、與子偕老」的爛漫，他們之間沒有速食愛情的現實功利，只有簡單生活的恬靜；沒有雋永的海誓山盟，只有一路讓人安心的陪伴。

她滿布皺紋的臉龐，有股說不出的天真。

我看了動容，甚至羨慕起她為家人辛勞付出的身影，即便歲月在她臉上留下了滄桑的痕跡，看起來卻像少女一般，格外閃亮動人。

「婆婆多保重！謝謝你送的千日蓮。」

帶著兩盆千日蓮和滿滿感觸，我向她揮手道別。

「妹妹，有空記得來田尾找婆婆哦！」婆婆語氣溫柔地說。

「好！後會有期喔！」我用力地喊著，深怕她聽不見。

不知為何，望著她慢慢走遠的身影，我竟然紅了眼眶，久久不能言語。

返家後，我親手把兩株千日蓮送給母親，她眼底溢滿喜悅，隨手贈花的舉動，卻是她心心念念的存在感。我突然瞭解到：無論漂流何方，母親總為我點起一盞回家之燈，有家可歸的幸運，讓我面對人生的風雨，能夠無所畏懼。原來，我的歲月靜好，是母親的負重前行。回首母親的溫柔人生，就是為家人全力以赴的生命底色，即便跋山涉水，她也永遠一臉燦笑地對待家人。

或許，生活還是會有困難與煩惱，如同轉入生命的冬季，一朵千日蓮的乍現，仿若找到閒適自在的前路！人生呀，一輩子都在摸索更好的生活樣貌，順著心緒，安頓心情，或許就能尋找到人生的方向。這些年，我在閱讀路上遇見許多有愛的友伴，他們不爭、不求、不怨，無私地分享，相互映照出生命中熠熠閃亮的良善光影，像是冬花燦爛一般。

多年之後，再次重遊田尾，已不見婆婆與千日蓮的身影，我不敢臆測生命是否輕輕墜落？而愛花的母親卻總在過年時，把當年我送的千日蓮放在客廳最顯眼的地方，蓮花兒用盡全力綻放，緣起緣滅讓我也學會珍惜每段美好的緣分。

春戀好時光

時序更迭，在霪雨霏霏與燦陽乍見的心情起伏中徘徊；在寒意凜冽與春暖召喚的溫度裡走歇。

常常一個回首，粉嫩的顏料就驀然渲染整個生活，從吉野櫻到油桐花開；從緋寒櫻到油菜花綻，總能重整自己生活紛亂的步調與失溫的人生氛圍。花開花謝的輪迴情事，常常是絕美地景的千姿百態，以風姿綽約氣質襲來。

彼時年少，拿著線裝書在紅樓的教室長廊中踱走著，看似孜孜矻矻、勤勉向學，實為簡單有序的日子，妝點了一點詩情畫意的人文氣息。文學課堂固然精采，詩詞歌賦一樣優美燦然，聖人哲者依舊樹立典型風範，這些文學的養分，為黛綠年華鑲上一道道知識閃爍的金邊。

知識再美仍敵不過窗外傳遞而來「春戀好時光」的信息，總惹得友伴紛紛出走，春遊靈魂也伺機蠢蠢欲動著。守分能撐到下課的我們，總喜歡從維也納森林到日光大道中閒適地走踏著，或許想沾染一些春意的浪漫與生機，也想乘機抖落身上因失意蒙身的酸腐與苦澀味兒，春日好音召喚詩意性靈，讓明媚的日子緩緩落款，勾勒行草的瀟灑，行旅東坡，以豁達的腳步，在為賦新詞強說愁的年歲，來點撒嬌耍賴的情味，小日子啜飲春信的甘醇，有了好好做夢、認真生活的想望。

如今，似水年華雖已悄然逝去，貪戀春光勝好的心境依然。或許，春季靜美與生機萌發姿態交疊，彼時青春的流光，與春意有深情連結的因緣。因而，對春訊的尋覓，從早春的楊柳轉嫩綠、綻花競相開、喧譁鼎沸聲……炫麗勻淨與天地大有美的地景，無須機心，渾然天成的春之信息，就在你垂手可得處。

遠颺的年輕風華，在每次春臨大地的霎時，讓我再次體現啜飲春光與詩歌相佐的幸福感動。在春暖花開的大器擁抱中，生活細瑣的糾結解開了；紅塵俗事的陰霾抖落了，日子開始過得豁然開朗了。

春戀好時光不只是享有春光的燦爛美麗，而在體會記憶回歸的愉悅與美好。即使此刻，身有千萬事羈絆，心有千千結纏繞，沐浴在春光裡，讓我深情繾綣著。

隨風搖曳的紫櫻丹花開，屋室淡淡馥香瀰漫，引來窗櫺前青色嘯鶇的巧轉鳴唱，柔美婉約的春暖降臨，不僅觸動了人間好時節的悸動，也讓我重溫大學無怨的青春，相遇銘刻心底的往事，爬梳磕磕碰碰的生活，每個人在世界的位置不同，扛負的使命也因年歲而與日俱增。

願春季捎來的純美芳馨，讓我們發現春暖在身邊，一如幸福的青鳥相隨，從未離開過……

今夜，和滬尾一起入眠

十八歲前的我總覺得自己是隻井底之蛙，從來沒離開過自己的家鄉，憧憬四處闖蕩的心情，證明自己也有「出走」的膽識。出了社會之後，只要有長假，我一定往國外跑，覺得當個自助旅行的背包客不僅見多識廣，也是勇於脫離舒適圈的表現。

有一次回國，飛機在嘉南平原飛過，從機窗窺見一望無際的綠濤碧波，驚覺到自己從來沒有好好認識美麗的福爾摩沙，也沒有認真正視自己生長的土地，只是一心羨慕別的國家有多先進。我把自己國家最美麗的風景給遺忘了，捨近求遠地繞了一段又一段，殊不知最美好的城市，就是故鄉。從此，我改變思維，不再怨嘆別的國家有什麼，我們卻沒有什麼；我反而期待自己能為這塊土地做點事，發些聲，付出更多心力。

那次，我辦完一場教師走讀淡水的活動，從自身生活閱覽滬尾的歷史扉頁，讀著先民胼手胝足、篳路藍縷的拓墾史，有顛躓、有艱苦，有歡笑、有淚水。滬尾老街有歷史的跫音，有歲月的足跡，屬於老臺灣的故事，是永遠不會褪色，也不會消逝的。

滬尾老街的一隅，那顏色斑駁的紅磚，正細細訴說著，滬尾滄桑、古老，卻又豐富、美麗的過往。滬尾的風，是那樣清柔香甜，引人薰醉；滬尾的歌，是那麼嘹亮清脆，仿若人間天籟。若是你到滬尾來，相信你一定會駐足許久，而不忍離去。

曾經有過驀然見到「淡水暮色」的驚喜，在溫柔夕陽籠罩下，一切事物都顯得既浪漫又可愛。猶記當時，獨自站在漁人碼頭，剎那間，我聽見了碼頭下，河水激巖的聲音；夕照的餘暉倒影，輕輕地搖曳在水面上，面對這樣的美，相信每個人都會陶然了吧！在寧靜的況味裡，我找到了屬於滬尾的自然美與笑靨。靜靜地品嘗這份孤寂，我終於體會到「青山依舊在，幾度夕陽紅」的心境，美好易逝勾起心中淡淡的惆悵，正因「大江東去，浪淘盡，千古風流人物」驚起歲月的傷感唏噓吧！此刻，靜默不語是最好的表達，就把這份幽幽的閒情與哀愁，留給我最愛的滬尾。

滬尾的渡船頭，有阿公與我甜蜜共處的回憶……站在渡船頭畔，吹著清柔的晚風是暢快是清閒；嗅聞雜糅鹽味海氣的味道，是思念、是愁緒。此時此景，憶及阿公，我眼眶有濛濛的淚水徘徊。淡水河水依舊柔波飄蕩，渡船頭上，遊客的歡語聲響依然嘹亮，但阿公的溫柔絮語和笑聲吟吟的童年，離我卻是越來越遙遠。

渡船頭是自己年少最愛駐足的地方，而今卻是回憶中縈繞酸澀的曾經。

當時「少年不識愁滋味，為賦新詞強說愁」的稚氣與天真，而今識盡愁滋味，果真如辛棄疾說的：卻道天涼好個秋。苦味愁緒，人生起落，早已無法言說那苦、這愁。

在黛綠年華的年紀，愛上了充滿浪漫風情的英國領事館。因為在那裡，開始一段甜蜜又純粹的情愛。當時天真爛漫的以為，每份感情總會天長地久，愛的誓言能讓彼此廝守此生。懷想當時為情所困的自己，如今只能怪罪自然純美的景致，是迷眩理智的罪魁禍首。也罷！情戀的痕跡，就像薔薇花雕刻的磚柱、古老的大不列顛王國的傳說，隨著歲月的足跡，漸漸風化、漸漸消失。

阿婆鐵蛋、阿給、魚酥，是來過滬尾的人們，難忘的庶民美食吧！總有人懷疑，如此簡單的食物，如何贏得大家的青睞？我猜想食物本身不是重點，而是我們對自然實材的一種依戀，對古早氣味的一種追尋……透過這些包裹故事的小吃，找到簡單的幸福和在地的感動吧！誰說只有瓊漿玉液，能夠滿足饕客的味蕾；誰說只有易牙居才能吸引顧客的目光？只要真情至性做出的食物，就能讓嘗鮮者擁有品味食物原味的單純與快樂呀！

廣袤湛藍的蒼穹，活潑韻動的大地，清柔澄淨的淡水河，是滬尾。她，遠離喧囂熙攘的繁華臺北城；她，拒絕舞影笙歌的霓虹誘惑；她，獨特傲然的氣質裡有難掩的迷人風華；於此，我不禁讚嘆滬尾的容顏，我不禁驚嘆滬尾的深奧。

或許時間拴得住青春，卻拴不住人們的回憶。在和煦燦陽灑下片片金縷的日子，何不享受一次悠閒的滬尾之旅？嘿！別再等待了，淡水的紅樹林、水鳥、彈塗魚，正在叫喚著你呢！獨飲時光的醇酒，走進滬尾的世界，喧譁隱然。摭拾青春繆思，行經未曾細讀的風景，讓漂泊的靈魂，停歇在滬尾的浪漫時光裡，感受如常的日常就是幸福。

這夜，有可愛可親的家人，一起仰望滬尾的星光；有相互扶持前行的摯友，一同品啜滬尾的咖啡香。按下了回憶的那盞燈，擁著幸福入眠。

後記／讓我虔心寫下有情的你

在生日前，恭謹地寫完人間有情的散文書。

這篇後記就讓我任性一次，讓我寫寫這些年陪我走過的人與事。前塵往事如同電影快速地放映，出現在愛的系譜裡的每個名字，真的「謝謝您」了。虔誠地在心底唸一次您的名：我的家人、我的學生、我的朋友、從第一本書就支持我到現在的你。

謝謝母親許我一個可以分潤喜悅和智慧的名字，我也想把這本書送給曾期許自己能成為作家的母親：陳美玉小姐。

原本屬於淒冷生命底色的我，因母親的疼愛與陪伴，有機會改筆成燦彩的色調。那天，母親和我在鄉間散策，舒心的溫度讓我們一前一後地走著。

夕陽餘暉暖暖地照映著她，因背疾而蹣跚前移的影子，讓我望之而幾度哽咽。此時，佝僂身影轉身牽住我的手，讓我很疑惑地問她：「媽，你愛我什麼？」

初始，母親因詫異我的詢問而默然，旋即，展顏地說：「我就是愛你，無論你變成怎樣，媽媽都愛你。」

每次無心的探問，都意外地得到如彩蛋般的大禮。母親用餘生無私的付出與呵護，而我常是貪婪地討愛而不自知回饋，常言道：母愛是取之不盡，用之不竭的，天下最傻父母心果真不假。

這次，聽完答案，我本應該開懷而笑的，但卻沒來由地傷心起來。望著曾燦美如花的母親，竟也被歲月催老了，感傷的情緒突然攫住了我。

「孩子，你看那田間的小花，旖旎季節的馨香。花開花謝終有時，活著就要努力綻放美麗。花謝落土春紅凋殘，卻是下一個花期的起點。多幫我拍些漂亮的照片，有機會幫我挑些燦笑歡愉的儲存起來，你知道，我愛美……」

她冷靜地和我談遲暮之年，談每個人該如何修為，才能「不驚不怖」地面對生與死的到來。

我悲從中來地打斷母親：「媽，我不能失去你，而且我非常非常愛你，無論你變成怎樣，我也都會愛你……」

母親似乎知道自己方才的言談觸動我敏感的神經，她有些歉然地摟著我：「傻瓜，人不就是生老病死，你怎麼比我還忌諱？你要多練習面對人生的悲歡離合，雖然美景當前，說這個話題很煞風景，但它就是每個人會面對的功課。謝謝我的孩子，用文字寫出許多我想說，卻不敢說的話，創作幾本讓我讀來情味有致的書籍，可以放置床頭，睡前讀一點，感覺你都在我的身邊。能夠當你的媽媽，也是此生無憾……」

母親的此生無憾，讓我幾乎快承受不住了：「媽，我從來沒告訴你：此生能當你的孩子，才是自己最大的福氣了。」

我曾是平凡又乏善可陳的女孩，若不是母親善解與賞識，真的也只是世間的浮塵而已。

「倍萬自愛」是母親每次在我離家前的諄諄叮囑。她教會我：看重自己，唯有自重，人恆重之；愛惜自己，唯有自愛，人恆愛之。

唯有照顧好自己，用心過好日子，我才對得起把我捧在手心上疼著、愛著的媽媽。

同時，我想起有著星星眼睛的天上家人：陳仁杉、葉月香。謝謝您們給予我飽滿的力量挑戰人生，在您們親情的大傘下，我從來不怕風雨襲來，因為您們的愛讓我知道：家人不管用什麼形式，都會站在一起迎擊生命的風雨……

我也想謝謝陪伴我「長大」的可愛學生們，老師從來沒有忘記：要和大家一起守護內在的小孩，讓他/她陪伴我們簡單生活、生活簡單。還有在不同學習階段，給予生命恩澤與提攜的老師們：莊素精、何素月、余念纏、許芝薰、范宜如、陳芳明、林啟屏老師，以及陳昭珍教授、莊淑華修女，在我都很想討厭自己的時候，您們有情地對我伸出有力的雙手，告訴我：這裡有愛，孩子，快走過來……

此刻，我更想感謝槵甄，因為她的相信，讓我可以勇敢地寫，沒有包袱地寫。從十八歲就想要圓的書寫之夢了，按下此書最後的儲存鍵時，是編輯讓我能以最素樸的心，寫出我對有情人間的涓涓感謝。

原來，「我可以」不是口號，願以有情文字書寫的生命故事，能讓讀者們感受我對天地萬物的感激與走過歲月的快樂足踏。

最後，謝謝教育圈的好朋友們、丹鳳高中的同事們，尤其是栽培疼愛我甚多的古秀菊校長、曾慧媚校長，以及 Song 讀團隊的夥伴、終結句點王線上讀書會的姊妹淘，以及馬來西亞獨中的永慶校長、琇鳳校長和麗琪校長。您們都是我書寫於生命扉頁的重要貴人們，謹以此書誠摯地說聲：謝謝您們！

行旅人間，能遇見有情的您們，真的是最幸福的好事了。

有情人間：不遺忘的溫柔書寫／宋怡慧著．-- 初版．-- 臺北市：時報文化出版企業股份有限公司，2022.05
232 面；14.8×21 公分．--（新人間叢書；359）
ISBN 978-626-335-412-8（平裝）
863.55 111006866

ISBN 978-626-335-412-8
Printed in Taiwan

新人間叢書 359
有情人間：不遺忘的溫柔書寫

作者 宋怡慧｜**副總編輯** 羅珊珊｜**責任編輯** 蔡佩錦｜**校對** 江淑霞 蔡佩錦｜**內頁排版** SHRTING WU｜**內頁照片提供** 張永慶 宋怡慧｜**封面設計** 廖韡｜**行銷企劃** 趙鴻祐｜**總編輯** 龔櫶甄｜**董事長** 趙政岷｜**出版者** 時報文化出版企業股份有限公司 108019台北市和平西路三段240號四樓 **發行專線**—(02)2306-6842 **讀者服務專線**—0800-231-705・(02)2304-7103 **讀者服務傳真**—(02)2304-6858 **郵撥**—19344724時報文化出版公司 **信箱**—10899台北華江橋郵局第九九信箱 **時報悅讀網**—http://www.readingtimes.com.tw **思潮線臉書**—https://www.facebook.com/trendage｜**法律顧問** 理律法律事務所 陳長文律師、李念祖律師｜**印刷** 勁達印刷有限公司｜**初版一刷** 2022年5月27日｜**初版四刷** 2023年1月17日｜**定價** 新台幣380元｜缺頁或破損的書，請寄回更換